Heibonsha Library

# こまった人たち

平凡社ライブラリー

Heibonsha Library

# こまった人たち

チャペック小品集

カレル・チャペック著
飯島 周編訳

平凡社

本書は平凡社ライブラリー・オリジナル版です。

# 目次

## I　ポケット短編集

## II

III　寓話集

# I　ポケット短編集

## 法律事件

……わたしは車に乗って十八号線を通り、あのカーブの方へ向かっていた。そこを過ぎれば道はがらがらになるだろうと考えていた。もちろんそれは馬鹿げたことだった。わたしは少しスピードを落とし、陽気な気分でカーブに入っていった。すると突然、行列が道を横切っていくのが目に入った。お弔いだった。葬列は国道を横切って直接墓地の門に向かっていた。そこでわたしはブレーキを踏んだ。ところがあなた、なんとわたしは横滑りしてしまった！　わたしが覚えているのは、ただ、棺を担いでいた四人の若者が棺を地面に放り出して側溝に落ち、そしてドカーン！　わたしの愛車が地面に置き去りの棺に後ろから突っ込み、羽目板がバラバラになって路肩を越え、畑の中に吹っ飛んだことだけだ。

わたしは車から外へ出て呟いた――「やれやれ、神父や命拾いをした棺担ぎたちと顔を合わせたら、面倒なことになるぞ！」。だがなにも起こらなかった。街道の片側には十字架を持った侍者がいて、反対側には神父と棺の付添人たちが立っていた。かれらはまるで蠟人形のように見えた。それからやっと神父が、ショックで体をふるわせながら興奮して早口でしゃべり出した――「おいおい、あんたには死者に対する敬意はないのか！」一方わたしは喜んだ――では、生きている人間は誰も殺さずに済んだのだ！　それからその場のみなは正気に返った。ある者はわたしを罵倒し始め、ある者は壊れた棺の中の死人を助け出そうと駆け寄った。本能とはそんなものだ、とわたしは思う。そして連中は突然駆け戻り、ショックのあまり悲鳴をあげた。壊れた羽目板の中から、生きた人間が身を乗り出し、もがきにもがきながら、外へ這い出してどうにか体を落ち着かせようとしている。

「一体どうしたんだ、どうしたんだ」その男はそう言いながらなんとか全身を出そうと試みている。

わたしはあっと言う間もなく、男の所に走り寄った。「おじいさん」わたしは話しかけた。「本当に、すんでのところであんたを始末しちゃうところだったよ！」そして男を羽目板の中から助け出した。男はただ目をパチパチさせて、「な、ななな、なに？　なに？」とどもるように言うだけだった。だが、かれは立ち上がることができなかった。あの衝突事故で、足首を挫いたかなにかしたのだと思う。話せば長いことになるだろう――わたしはじいさんと神父を車に乗せ、「悲しみの家」へ連れていった。わたしたちの後に棺の付添人たちと十字架を持った侍者がついてきた。それからもちろん、葬列に加わっていた楽隊の連中も。連中はなにも演奏しなかったが、それはギャラの支払いがどうなるかわからなかったからだ。「棺桶代は払いましょう」とわたしは言った。「それからお医者さんの分も。でも、ほかの人たちはわたしに感謝してもいいくらいですよ。生きている人を始末しなくて済んだんだから」

そしてわたしはそのまま車を進めた。本当のことを言うとわたしは喜んでいた。なんとか事態を切り抜けたし、これ以上悪いことはなにも起こらなかったから。

だがことは始まったばかりだった。まず最初に、その村の村長がもっともな手紙をわたしに書いてよこした——死んだと思われたアントニーン・バルトシュとかいう退職鉄道員の家族は、資産がない。家族は、自分たちが身を削るようにして蓄えた最後の一文まで投げ出して、じいさんを立派に葬ろうと望んだ。そして今、わたしの不注意な運転の結果、じいさんが死んだ状態から生き返ったので、もう一度お弔いをしなければならないが、家が貧乏なのでとても自力ではできそうもない。だからわたしに、あの失われた葬式と、神父、楽隊員、墓掘人、さらにお弔い後の一席の費用も支払ってもらいたい——。

その次に、そのじいさんの名で弁護士の正式な手紙がやってきた――退職鉄道員のバルトシュ・アントニーンは、ぼろぼろになった死に装束の弁償を請求する。さらに挫いた足首の治療費として数百コルナ、そしてわたしのせいで被った精神的ショックの慰謝料として五千コルナ――これについてはもう、わたしとしてはいささか馬鹿らしく思われた。

それから新しい手紙――じいさんは鉄道員としての恩給を支給されていたという。主の御許に去った時、もちろん恩給は停止された。そして今、すでに地区の医師から死亡証明書を得ているので、お役所ではじいさんに改めて恩給を払いたがらない。そこで、じいさんは失われた年金の代償として、わたしに終身年金を払うよう要請するだろうということだ――。

さらなる請求が来た――じいさんは、わたしがぶつかったその時から病気がちになり、より栄養のある食べ物を作ってやらねばならなくなった。それに、わたしはじいさんを障害者にしてしまったという。死から甦ったからにはもはや昔のかれではない、つまり役立たずの状態ではまったくない。かれはひたすらこう言っているそうだ――「すでに一度経験したのに、今度は二度目の死を迎えなきゃならない！　わしはあいつを容赦しない、あいつはわしに金を払うべきだ。さもなければ最高裁まで追及し続けてやる。貧乏人をこんなに痛めつけやがって！　このことに対しては、殺人と同じ罰を与えるべきだろう！」などなど。

最悪なのは、わたしがその時、自動車保険の証書を持っていなかったことだ。従って、保険会社は責任を免れる。そんなわけで、わたしはどうすべきかわからない。どうお考えですか、わたしは支払わなければならないでしょうか？

（一九三六年）

# フォアグラのパテ

今日はなにを買おうかな、ミフル氏はくよくよと考えをめぐらせた──「またなにか燻製肉にでもしておくか……いや燻製肉は痛風になりそうだ。このチーズとバナナはどうだろう？　本当のことを言うと、チーズは昨日食べた。偏った栄養もやっぱりよくない。それにチーズは明日の朝まで胃袋に残ってる感じがする。ああ神様、なんて馬鹿げてるんだ、人間はなにかを食べなきゃならないなんて」

「旦那、もう注文はお決まりで？」思いがけなく、カウンターの向こうの売り手が、バラ色のハムの薄切りを紙に包みながら尋ねた。ミフル氏はびくっとして、息を吸い込んだ。本当だ、なにか注文しなければ。「そうですね、えーと……パテでももらおうか」氏は一度に言葉を吐き出した。すると口の中がつばで一杯になった。そう、パテだ、それが正しい選択だ。

「パテを」氏は決然とくり返した。

「パテですね、どれにしますか」売り手はさえずるように言った――「プラハ風、トリュフ入り、レバー、ガチョウ、ストラスブール風――」

「ストラスブール風を」とミフル氏は決断した。

「胡瓜のピクルスをつけますか？」

「そう――そうだ、胡瓜のピクルスを」ミフル氏は同意した。「それにロールパンも」氏は、もっとなにか注文するものを探しているかのように、物欲しげに店の中を見回した。

「そのほかになにかご入り用ですか？　どうぞ」売り手は待っていた。ミフル氏は小さく頭を振った。それはまるで、「いや、残念ながらわたしが必要なものはもうなにもない、どうか気にしなさんな」と言いたいかのようだった。

「なんにも」氏は言った。「いくらですか？」

そのパテの入った赤い缶詰に対して、売り手が口にした値段に、氏はいささかたじろいだ。なんとしたことだ、高い買い物だなあ、と氏は家へ帰る道で考え込んだ――きっと真正のストラスブール風のフォアグラのパテなんだろうな。魂にかけて誓うが、ぼくはまだそれを食べたことがないんだ。でも、連中がその代として欲しがるあのクリスチャンとも思えぬ金額はどうだ！　ああ、どうしたらいいか——人間にはパテが欲しくなることもあるんだ。だが実際、このパテを一度に平らげる必要はない、ミフル氏は自らを慰めた。いくらかは明日のために残しておこう。それでなくともパテは胃にもたれるから。

「エマン、見せてやるぞ」自分の部屋のドアを開けながらミフル氏は宣言した。「今日の夕食に、ぼくがなにを持ってきたか」牡猫のエマンはしっぽを振って、ニャオと鳴いた。「ああ」ミフル氏は言った。「おまえもパテが欲しいんだろう、この困り者め、そうだな？　だがとんでもない、そうはいかないぞ。パテは高い食い物なんだよ、おまえ。ぼくだってまだ一度も食べたことがないんだ。ストラスブール風のパテだ、この小僧め、これはグルメだけのものだ。でもおまえが文句を言わないように、匂いをちょぴり嗅がせてやるよ」ミフル氏はお皿を用意し、いささか苦労しながらパテの缶を開けた。それから愛読している夕刊を手にし、どこか晴れがましい感じで夕食の席についた。牡猫エマンは、いつもの習慣に従ってテーブルの上へ跳び乗り、自分の尻の下に苦労しながらしっぽをたたみ込み、前のあんよの爪を、喜びのあまり辛抱しきれぬ様子でテーブルクロスに食い込ませた。

「おまえに嗅がせてやるよ」ミフル氏はくり返しながら、一つまみほどのパテをフォークですくい出した。「どんな香りかわかるように。さあ、これだよ」エマンはひげをたじろがせ、注意深く、疑い深い様子でパテに鼻を寄せて嗅いだ。ミフル氏はいらついた。「なんだ、匂わないのか？　こんな高価なパテなのに、この馬鹿め」牡猫は顔をしかめ、鼻にしわを寄せてさらにパテを嗅ぎ続けた。

ミフル氏はいささか不安になって、自分でパテを嗅いでみた。「いい香りだぞ、エマン！よく嗅げよ！　すばらしい香りだよ、おまえ」エマンは足をもぞもぞさせ、テーブルクロスに爪を食い込ませた。「少し欲しいか？」ミフル氏は尋ねた。牡猫は神経質にしっぽをぴくぴくさせ、しわがれ声で鳴いてみせた。

「なんだ？　どうしたんだ？」ミフル氏は叫んだ。「そのパテがよくない、とでも言いたいのか？」パテに鼻を近づけて注意深く嗅いだが、なにも変だとは感じなかった。なんだかわからないが、この牡猫はぼくよりよい鼻の持ち主だ。パテの中には、あの毒素、なんと言ったかな、そうボツリヌス菌が往々にして存在する。これは恐ろしい毒ですよ、あなた。臭いもしないし、まずくも感じない。それで人間は中毒してしまう。ミフル氏は心臓のどこかが嫌になるほど圧迫されるのを感じた。たとえこの牡猫が臭いか本能かでこのパテはなにかおかしい、と察知したとしても、幸い、まだこのパテを口に入れていない。ぼくはこれを食べない方がいいかも――でも、あんなに酷な金を払ったんだから――。

「いいかい、エマン」ミフル氏は言った。「おまえにちょっと味見させてやろう。これは一番上等で一番高価なパテだぞ。本物のストラスブール風のパテなんだ、もうこれよりおいしいものは二度と食えないぞ」氏は部屋の隅から牡猫用のお盆を持ってきて、その上にパテを少し置いた。「さあこっちへおいで、エマン！」

エマンはお盆がどさっと置かれると、テーブルから跳び降りて、しっぽを振りながら自分のお盆の方へゆっくりと歩いていき、尻を床につけて座り、パテをぐるぐると嗅ぎ回った。食うなよ、とミフル氏はびくびくしながら思った——毒が入ってるんだぞ。

牡猫のエマンはしっぽをびくっとさせ、ゆっくりと遠慮がちにパテを味わい始めた。まるで少々嫌々ながら、とでもいうふうに。「ほら見ろ」ミフル氏はほっとため息をついた。「なんともないんだ！」

牡猫はパテを平らげて、ひげと頭を前足できれいにしはじめた。ミフル氏はその姿を探るように眺めた。ほら、毒にあたってはいない。猫はなんともないぞ。「そう、どうだおまえ」氏はパトロンらしく言った。「うまかったかい、どうだ？　ごきげんだな、このいたずら者め！」そして安心してテーブルの席についた。とんでもないよ、きみ、あんなに高価なパテなんだ、これが悪くなってるはずがない。氏はグルメっぽく目を細め、鼻を近づけて嗅いだ。

すばらしい香りだ。だが、ボツリヌスのような毒は、すぐには現れないとしたら——急にそんな考えが心に浮かんだ。しばらくしたら、エマンが痙攣を起こすかもしれない——。

ミフル氏はお盆を押しのけ、辞書のその項を調べに行った——ボツリヌスまたはアランテイアシス……二十四時間ないし三十六時間後に現れる（ちくしょう！）……次のような症状を起こす——眼筋の麻痺、視覚障害、のどの渇き、粘膜の紅潮、著しい唾液分泌不足（ミフル氏は思わず唾液を飲み込んだ）、しわがれ声、血尿と充血、重症の場合には痙攣・麻痺および致死（そりゃどうも！）。ミフル氏はなんとなく食欲を失った。パテを食品棚にしまい込み、ゆっくりとロールパンと胡瓜を嚙んだ。かわいそうなエマン、独り言を呟いた。こんな愚かな動物は悪くなったパテを食って、まさに犬死にするんだ。氏は心からの憐れみを込めて、牡猫を抱き上げ、自分のひざの上に置いた。エマンは熱っぽくのどを鳴らし、幸せそうに目を細めた。ミフル氏は動かずに座ったままエマンを撫でてやり、心配げに悲しげに、読み終えぬ新聞に目を走らせた。

その夜、氏はエマンをベッドに連れ込んだ。明日、エマンがこの世から去るのなら、せめて機嫌よくさせてやりたい。そして一晩中眠らずに、時々身を起こして牡猫に手を触れた。いやいや、牡猫はなんともない。鼻先も冷たい。牡猫エマンはそのたびに、ほとんどうるさいくらいのどを鳴らした。

「これでわかったね」翌朝、ミフル氏は話しかけた。「あのパテはうまかったろう、な？　でも今夜は、ぼくが一人で食べるんだぞ、いいな。ぼくがおまえに一生パテを食わせてやる、なんてことを考えるなよ」牡猫エマンは口を開けて、柔らかくしわがれた声でニャーと鳴いた。「おまえ」ミフル氏は鋭く言った。「声がしわがれてるじゃないか？　目をよく見せろ！」牡猫は氏を、金色の目でまばたきもせずに見ていた。まだ眼筋麻痺ではないらしい、ミフル氏は戸惑った。しわがれ声とのどの渇き――パテをぼくが口に入れなかったのは不幸中の幸いだった。こんなによい香りがしているけれど！

ミフル氏が夕方になって帰宅した時、牡猫エマンはやさしい声で鳴き、氏の足に長いこと体をすり寄せた。「おまえ」氏は言った。「おまえはなんともないか？　目をよく見せてみろ！」エマンはしっぽを振り、金色と黒のまじった両目を見せた。「まだおまえはトンネルを抜けたわけじゃないぞ」ミフル氏はお説教をした。「時には三十六時間潜伏期間があるんだぞ、知ってるな？　それでどうだ、鬱血はないか？」牡猫エマンは再び氏の足に体をすり寄せ、甘くしわがれた声で鳴いた。ミフル氏はテーブルの上にパテと夕刊紙を置いた。エマンはテーブルに跳び上がり、前足でテーブルクロスを引っ張って足踏みした。

ミフル氏はパテに鼻を近づけて嗅いだ。いい香りだ、だけどなぜか昨日とは少し違う。「嗅いでみろ、エマン」氏は言った。「そのパテは大丈夫か？」牡猫は自分の短い鼻をパテに近づけて、疑わしそうに嗅いだ。ミフル氏はぎょっとした。そのパテを外へ投げ捨てようか、と考えた。牡猫はパテについてなにか感じている。やっぱりぼくは食べないことにしよう。食べたりしたら、中毒してしまうだろう！　パテを放り出そう、それしかない。

ミフル氏は、どこへ缶詰を放り出したらよいか場所を選ぶため、窓辺に身をかがめた。アカシアの木がある隣の中庭のあそこはどうだろう。しかし、パテは残念だなあ、ミフル氏は考えた——あんなに高価だったのに……本物のストラスブール風のパテ。ぼくはまだ食べたことがない。傷んでいるわけじゃないかもしれない、でも……ぼくは食べないことにしよう。でもその代金としてあれだけの金を捨てたんだ……いつかは食べてみたいもんだ。せめて一生に一度は。ストラスブール風のパテだよ、世界的な珍味だ。残念だな。神様、なんと残念なことだろう、ミフル氏は遺憾の念に満ちて独りごちていた。こんなふうにまったく無駄に捨ててしまうなんて……。

ミフル氏は振り向いた。牡猫エマンはテーブルの上に座り、のどを鳴らしていた。ぼくの唯一の友人だ。ミフル氏は感極まった。魂にかけて、エマンを失いたくない。でもパテを投げ捨てるのは残念だ。あんなに罪深い金を払ったんだから。本物のストラスブール風のパテだよ、きみ。パテの缶詰の上にそう書いてあるよ、見てごらん。

牡猫エマンは柔らかくのどを鳴らした。

ミフル氏は赤い缶詰をわしづかみにし、黙ったまま床に置いた。さあこのけだものめ、どうでも好きなようにしろ。食ってしまおうが、そのままにしようが。いずれにせよ、放り出すのだけはごめんだ。ぼくは自分でもそれを食ったことがないんだぞ。そしてぼくは、そんな貴重なものはなくてもちゃんとしのいでいる。パンを一切れぼくにくれ、それ以上のことは望まない。なんでこのぼくがそんなに高いパテを食わなきゃならないんだ！　でも、これを捨てるとしたら、それは罪なことだ。恐ろしいほどの金を払ったんだぜ、きみ。捨てるなんて、そりゃできないよ。

牡猫エマンはテーブルから跳び降りて、匂いを嗅ごうとパテに歩み寄った。長いことためつすがめつして、それからためらいがちに食べ尽くした。

「さあいいか」ミフル氏はぼそぼそ言った。「この世でおまえほどごきげんな猫はいないぞ。誰かはこの世で幸せになる。でもぼくは、いいか、ぼくはそんなに幸せじゃないんだ」そしてその夜、氏はエマンに手を触れるために五回起きた。牡猫はのどが詰まるほど、のどを鳴らした。

＊

その事件があってから後、ミフル氏はしばしば自分の牡猫を憎々しく罵倒した。「黙れ！」牡猫をとがめるようにきつく言った。「おまえはぼくのフォアグラのパテを食っちまったんだぞ！」

（一九三六年）

# 発明家

申し上げますがね、あなた、なにかを発明するには決まった方法がなければなりません。幸せな偶然とかインスピレーションなんかに頼ることはできません。そんなものでは、決してどこへも到達できないでしょう。あなたはまず、実際になにを発明したいのか正確に認識する必要があります。発明家の大部分はなにかを発明し、その後で初めて、それがなにに役立つかをあれこれ探し、最終的にそれになにかしら名前を与えます。わたしはその段取りをひっくり返しましたよ、あなた。わたしの場合、まず名前を発明し、その後で初めてその名にふさわしい物を作り上げます。そんなやり方で、わたしは技術的インスピレーションのまったく新しい根源に到達しました。言葉から物へ、それがわたしの段取りです。

ちょっと待ってください、実例的に説明するにはどうしたらよいでしょう。たとえば、もうずっと前に発明されたものに、鍛冶屋、印刷屋、待合所、宿泊所、燻製所などがあります。

待合所はあちこちにありますが、現代人には待っているだけの暇がありません。現代人の合い言葉は、スピード、忙しさ、テンポのよさ、です。思うに、現代人のために「お急ぎ所」をなぜ開いてやらないのでしょう？　設備のよく整った「お急ぎ所」はもちろん、ありとあらゆる急行機や迅速機、ハッスル機、自動処理機、騒動機や騒音機を備える必要があります。すでにわたしは、さまざまな軋み音機、摩擦音発生機、割り込み機、それに引っかけ倒し機の公認特許を持っています。いいですか、それらは新しい器具や設備そのもので、これまで誰も思いつきませんでした。つまり、それだけのことなんです。いろいろな新しい単語を発明してやらねばなりません。新しい物事や新しい解決法に達するためにね。

あるいは、ご注意あれ――われわれにはすでに、パラシュート、さらにはさまざまなアトウッド〔一七四六―一八〇七。イギリスの数学者〕式の落下速度抑制機があります。しかし、落下機、つまりいつでもいかなる環境でも落下するであろうような代物を作ろうと思いついた人はまだいません。なぜ花瓶や小さな彫像などの家庭用品だけが落っこちなければならないのでしょう？　落下機をご用意ください！　落っこち保証です！　試して合点、きっと満足なさるでしょう！　また、さまざまな使い方の立腹機や動転機、さらにすべてのサイズの、デラックスなデザインのがんがん音発生機を付け加えます。時々、襟のボタンがころころ落ちることがありますね？　そんな時はわが社の特許付きころころ機をお買いください！　居間全体をころころと転がることを保証いたします。

親のみなさん、ご自分のお子さんたちのために汚し機をご用意ください！　子どもたちが衣服を汚す手間を省いてあげてください！　汚し箱付きの汚し機は、価格三十コルナです。どの家庭の台所にも、わが社の現代的発火機が備わっています。お宅の衣装簞笥には、わが社の引っかかりハンガーと詰め込み機がもうおありですか？　お役所様と事務所様には、わが社の自動遅滞機をおすすめいたします。現代的な家庭では、わが社の高性能脳みそ絞り機と、信頼できる正確作動の寝過ごし機が欠かせません！　あらゆる機会に寝過ごしを目指してください！

時には間違いをなさいますか？　きっとそうでしょう、人間は誰でも間違いをするものですから。しかし、なぜあなたが間違いを起こす仕事をしなければならないのでしょうか。わが社の特許保護付きの間違い製造機は、あなたに代わって間違いを犯してくれます。わが社の新型間違い製造機モデルＦＶ一三〇三は、一日あたり六百九十九の間違いを目標にしています！――旅の準備をなさいますか？　でしたらお荷物の中にわが社の道迷い防止機を加えることをお忘れなく！　安くて信頼できて実用的です――なにもなさらないでいる？　それではわが社のなにもせず機におまかせください！　静かな運転で、維持費もわずかです。世界各国で特許を取得しています——愛する方のために、クリスマスプレゼントとして、新しい好評のおもちゃ、倦怠機をお与えください。すばらしい倦怠を生み出します！　お宅にあなた自身の倦怠部屋をお備えください！——わが社の不当処分機はすでにお持ちでしょうか？　学校、役所、大企業、そして家庭に欠くべからざるものです——われわれの時代のもっともセンセーショナルな発明、停止輪転！　回転しない動輪！　新製品！　あらゆる工場に危機介入用におすすめします！——余分な損失防止！　あなたの比較的小さい損失を、わが社の安価な損失削減機またはニッケルめっきの損失発見機がカバーします。より大きな損失に対しては、わが社の機械的損失防止機、または最大の損失に対しても対応が信頼できる高性能の自動損失防止機をおすすめします——わが社のどこでも迷惑機をお備えください！自宅でも旅先でも、仕事でも遊びでも、あなたに迷惑をかけること請け合いです。——口ごもりますか？　粉末または丸薬状のわが社の口ごもり薬をお使いください。苦労せずに口ごもることができるでしょう。医者の推薦付きです。何万もの感謝状が来ています——あなたはいらついています。あなたの神経は、われわれの時代の呪いである騒音によって疲れているのです。わが社の新しい沈黙機をお聞きください。神経が休まります。最新タイプの沈黙機は美しいマホガニー製の容器入りのコンセント式で、価格は千七百九十五コルナです。これぞラジオ技術の究極の言葉です。

そうです、あなた、そんなふうになるべきなのです。なにか新しい単語を発明してください。そうすれば、その単語に合わせて適当な現実を組み立てることは、とても簡単です。そのことをわたしは科学的進歩と呼ぶんですよ。それにおさらばするのは、いつのことかわかりません。今、ちょうどユニヴァーサル破壊機を作る仕事をしています。それはすばらしい商売になるでしょう、違いますか？

（一九三六年）

# サッカー場の奇跡

ことが起こったのは、プラハ東部のジシュコフ市民学校スポーツクラブ対プラハ第十一ギムナジウムの四年生チームの友好試合の時だった。フェルダ・ザーポトツキーの奮戦がひときわ目立つ犠牲的なディフェンスにもかかわらず、ジシュコフ市民学校は後半の終了近くに、すでに二対ゼロで敗勢にあり、ゴールの聖域は各方面からの激しい攻撃にさらされていた。そのゴールネットの枠内めがけて、四年生チームのカーヂャと呼ばれるズデニェク・ポップルの、新たな防ぎようのないボールが飛んでいったまさにその時、なにか不思議な事態が起こった。ボールは空中で停止し、目にも止まらぬ速さでくるりと回転し、しばらくためらった後に逆方向に飛んでいき、まるで火の球のように敵のゴールネットの中に落ちた。それは後半終了四分前のことだった。誰も、なにが起こったのかきちんと見もせずに、さらにプレーを続けた。卓越したズデニェク・ポップルは再びボールを支配し、ディフェンスを突破し、至近距離から弾丸のようなゴロの一撃で、ボールをジシュコフ市民学校スポーツクラブのゴールネットに送り込んだ。国立ギムナジウムのファンである三十人の観客は、すでに喜びを爆発させていた。だが、ボールはどこにもなかった。選手たちは全員でボールを探し始めたが、ついにプラハ第十一ギムナジウムの四年生のゴールキーパー自身が、かれの守っていたゴールの中に、なくなったボールが何事もなかったように横たわっているのを見つけた。その間に、すでに試合終了のホイッスルが吹かれていた。四年生のチームは、この不規則なゴールに抗議したが、どうしようもなかった。試合の結果は二対二となった。

その日から、ジシュコフ市民学校スポーツクラブのフットボールチームは、勝利に次ぐ勝利の道を突き進んだ。リベニの市民学校を三対ゼロで打ちのめし、ホレショヴィツェの実科学校を四対一の差で粉砕し、コリーンのギムナジウムの六年生を、相手のホームで二対一（負傷者の割合は二対二）で破った。そしてプラハ第十九新制実科ギムナジウム、スラヴィエ・スポーツクラブのジュニアチーム、コシージェの市民学校、さらにプラハ二区のドイツ実科ギムナジウムを撃破した後で、大学スポーツクラブの選抜チームと対戦することになった。これは世界の歴史で前例のない成功だった。

だが——凱歌に満ちたこのチームの中の誰一人として意識する者はいなかったのだが——

ジシュコフ市民学校のスポーツクラブが勝利を得たこれらすべての試合に、ジシュコフ市民学校一年生のボフミル・スムトニーが静かな観客として参加していた。かれは道徳的で信心深い少年だったので、誰もかれと話をしたことはなかった。学校でも名誉ある試合の場でも、かれを認める者はいなかった。ただ、すでに述べたズデニェク・ポップル――この男はねたみと敵意のために、どの戦場であろうとも敵である市民学校のイレブンにつきまとっていたのだ――だけが、この忠実で謙虚な観客に気づいていた。さらに、ボフミル・スムトニーが決定的な時間には姿を消して、最寄りの障壁や茂みの蔭にひざまずき、「神様、お願いです！われわれのチームにゴールをお与えください！」と呟きながら熱心に祈るのさえ見ていた。そしてまさにその瞬間に、空を飛ぶボールは停止し、敵のゴールへと方向を転じた――または突然消えてしまい、敵のゴールネットから見つかった。さもなければ、ボールはグラウンドをゆっくりと転がり回り、その間、敵の選手たちは転んだりつまずいたりし、まるで秘密の力がかれらの足を縛っているかのようになった。そして、カーヂャと呼ばれるズデニェク・ポップルは、自分の兄である大学スポーツクラブの医学生ザーヴィシュ・ポップルにそのことを打ち明けた。

ジシュコフ市民学校スポーツクラブ対大学スポーツクラブの歴史的対戦の前日、ジシュコフ市民学校の門前で、一人の若い男が生徒のボフミル・スムトニーを待っていた。その男はスムトニーに、自分は医学生でスポーツマンのザーヴィシュ・ポップルだと自己紹介し、かれにこう言った――「スムトニー君、きみも大変なスポーツ好きだということを、ぼくは知ってるよ。うちのズデニェクの話では、きみはサッカーの試合を観に行くのがとても好きだそうだね。でもぼくが見たところ、きみはルールを十分には知らないようだ。ねえきみ、プレイからなにかを得たかったらルールをマスターしなきゃいけないね！　たまたまぼくはちょうど自由になる時間があるんだ。それで、きみにサッカーのことを教えて、ルールに従ってプレイするにはどうしたらよいか知ってもらおうと考えたんだ」

この日、医学生ザーヴィシュ・ポップルはボフミル・スムトニーと三時間ジシュコフの通りを歩き回り、コーナーやペナルティ・ゾーンやオフサイド、ハンド、オフェンスとディフェンス、パス、フェアプレイ、反則プレイ、ペナルティ・キック、ダイビング、乱暴行為、連係プレイ等々とはどんなことか、スムトニーに説明してやった。ボフミル・スムトニーはただうなずくばかりで、「はい、わかりました。どうぞ。はい、それはもう覚えられるでしょう」と言うだけだった。挙げ句の果てに、うやうやしくお礼を述べたが、それはスムトニーがきちんとした礼儀正しい少年であり、今日の若い男たちの誰かれのような礼儀知らずではなかったからだ。

その翌日、ジシュコフ市民学校スポーツクラブ対大学スポーツクラブの試合が行なわれた。後半になると、もはや大学スポーツクラブが六対ゼロでリードしていた。観客にまじってボフミル・スムトニーが座り、冷や汗を流し、ふるえる両手を握りしめ、ひたすら祈っていた——「神様、後生ですからなんとかしてください……でもルールには従うように……われわれのチームが正規のゴールを得るように……奇跡を起こしてください、ただしあくまでもフエアに！」　後半の終わりには、大学スポーツクラブは十一対ゼロでリードしていた。そして医学生のポップルは自分の弟にささやいた——「ほら、わかるだろう。ルールが通用するようになったとたん、奇跡なんてなにも起こらなくなるんだよ」

（一九三六年）

# 組織を作ろう

レデレル氏は、あちこちに注意を払いながら、公園の中をとぼとぼと歩いていた。氏はそこでその人と知り合ったのだ。その人には特別な点はなにもなかった——ただ雀にえさをやっていることを除いては。周囲に雀の群れが集まって、その人のポケットの中へ飛び込まないのが不思議なくらいだった。レデレル氏は好ましそうにその光景を眺めた。ほら、氏は考えた——まだこの世界には善良な人たちがいる。するとその時、その人は恥ずかしそうに周囲を見て、そそくさと立ち去った。

しばらくして、レデレル氏はその人がベンチに腰かけているのを見つけた。なにかに注意を払う以外には、なにもすることがなかったので、氏はベンチに並んで腰をおろした。その人は氏を疑わしげにねめ回して、少し腰をずらした。

「あなたは雀が好きですね」しばらくしてレデレル氏は声をかけた。

「好きじゃありません」その人は顔を曇らせて言った。

「好きじゃないって？」

「好きじゃありません。まったく」その人は挑むように叫んだ――「ぶっちゃけた話、鳥なんて我慢できないんだ、まったく」

「わたしはただ、あなたが雀にえさをやっていたから……」レデレル氏は説明した。

「えさをやっていたわけじゃない。これは……ただポケットの底のパンくずを払っていただけです。おわかりでしょう、わたしは原則として鳥にえさはやりません。自分で生きていかせます。鳥どもめ！　連中がなにかわたしと関係がありますか？」

「ああ、そうですか」レデレル氏はがっかりして呟いたが、それ以上なにを言ったらよいかわからなかった。

相手はその間、口をもごもごさせていたが、「で、あなたは「雀にえさをやるクラブ」のメンバーですか、え？」と突然口火を切った。

「違います」レデレル氏は身構えた。

「では「鳴鳥保護クラブ」のメンバーですね！」

「それも違います」

「じゃあ、あなたはどのクラブのメンバーですか？」名も知らぬその人は尋ねた。

「どのクラブにも入っていません」レデレル氏は言った。「そうだ……葬儀クラブには入っています。「イスラエル葬儀クラブ」です」

「なるほど」相手はうさんくさそうに呟いた。「でもわたしは、葬儀をしたいとは思いません。おまけに、実はわたしはカトリックです。それに鳥にはえさをやりません。ダックスフントももう飼っていないし」

「わたしは家でグリフォン犬を飼っています」レデレル氏は伝えた。「こんな毛むくじゃらのいたずらものです」

「それじゃあなたは、「むく犬飼育クラブ」の会員になるべきですな」相手はきっぱりと宣言した。

「なぜですか？」

「そう、会員たちがあなたを訪問したら、それでもうあなたは入会することになります。わたしはかつてカナリアを手に入れたことがありましたが、三日とたたぬうちに、北ドイツの上ハルツ山地にある町の「ハルツ・カナリア飼育クラブ」の会員になりました。われわれカナリア飼育者は組織を作らねばならない、というわけです。あっという間にそうなります。

わたしは六年前にダックスフントを飼いました。だが一ヶ月後にはその犬をほかへやりました。だのに、まだずっとわたしは「純血種猟犬育成クラブ」の会員でいなければなりません。毎年クラブから会費請求書と会員証が送られてくるんです。どうしたらよいものか」その人は憂鬱そうに呟いた。「わたしは十九ものクラブに入っているんですよ」

「それは多いですね」レデレル氏は意見を述べた。

「多いです。わたしの同僚の一人は、二十三も入っています。でもその人は、さらに平和に関心があるし、写真を撮るのも好きです。失礼ながら、わたしはあなたのことを、なにか鳥を助けるクラブのメンバーだと思ったんですよ。そう、たとえばいつだったかわたしは、町で目の見えない人に十クロイツェルの小銭をやったことがありました。そしてその後半年のうちに、わたしは七つの慈善団体のメンバーになりました。「あなたの慈善心を知り、わたしたちはあなたにお願いいたします」とかなんとか言われて。でも、慈善心よりもっと恐ろしいのは、あなたが「気高いご意向」をお持ちの時ですよ。「気高いご意向」に乗っかろうと、いろいろな団体入会の恐怖がやってきますよ、あなた。そしてあなたがどこか生まれなら、間もなく「同郷者クラブ」に入るでしょう。「地方出身者クラブ」「東チェコクラブ」に「どこそこクラブ」。なにとなにのクラブに入っているか書いたものがどこかにあるんだが」その人はポケットを探りながら言った。「よくわからないが、なにか制限があるべきでしょう。おわかりのように、そんなに多くのクラブに入らなくてもよいように。それにはなにか保護もしくは法律が必要でしょうね。たとえば、なんぴとも二十を超える多数のクラブに入るよう強制されてはならない、とか」

「それは難しいでしょう」レデレル氏は意見を述べた。「法律によって是正することはおそらくなじまない。わが国にはあれがありますよ、いわゆる団体結成の自由が……」

「ふん、立派な自由ですな」その人は苦々しげに言った。「なにかの団体がなくなるようにするために、なにもできないのでしょう。わたしは、なにか組織を作らねばならない、と言っているんです。すでに十分な数の団体に入っている人たちすべてをともに団結させ、団体の義務の削減を促進させなければならないでしょう。十二の団体で十分じゃないでしょうか？　わたしは、そのような組織を作らせようと考えています……」

「どのようにして？」

「それには新しい団体を作らねばならないでしょう」その人は暗い調子で言った。「その団体には大勢の人たちが加入するだろうと思います。要するに、わたしたちは組織を作らねばなりません。……それに対して活動的な団体または連盟を結成し……そしてメンバーとしての過度の義務に悩まされているメンバーたちの利益を守るために、団体としての機関を置かねばなりません。要するに、そのためのきちんとした組織を確立することが必要なんですよ、あなた！」

（一九三六年）

# 引っ越しビジネス

……本当のところ、その仕事を実現するために技術的にどうしたらよいのか、わたしにはまだわからない。しかし、しかるべき効果を約束するようなよいアイディアがそこにあるなら、技術的な解決は常に見出されるものだ。そしてあなた、わたしのアイディアはすばらしい大金をもたらすでしょう。誰かがそれを完全に実現に導くように、実際的な細目を見出すことでわたしを助けてくれさえすれば。だが、それはすでにわたしが言っているように、おのずから現れるものです。

わたしがあなたに具体的に言いたいのは――そう、いいですか。たとえばあなたは、今住んでいる通りが気に入らないかもしれない。チョコレート工場の匂いが臭かったり、騒音がひどくて眠ることができなかったり、あるいは公害がのさばっているのか、理由はわたしにはわからない。要するに、あなたはやがて、ここは自分のいるべき場所ではないと自分に言い聞かせる。そんな時あなたはどうするだろうか？　どこかほかの通りの部屋を探し、引っ越し用のトラックを呼んで、その新しい部屋に移り住むのではないですか？　まったく簡単なことです。よい考えというものは、あなた、どれも本質において恐ろしく単純なのです。

そして今、あなた、あるいはほかの誰かにとってこの世紀が気に入らなかったとします。そのように静穏と平和を好む人たちがいるものです。毎日戦争が起こっているとか起こるだろうとか、あそこでは誰かを処刑しているとか、ほかの場所では数百または数千の人たちが互いに殺し合っている、などというニュースを新聞で読むと、胃袋がひっくり返るような人たちがいる。実際、それは神経にこたえますよ、あなた。それに耐えられない人もいるんです。毎日この世界に暴力的なことが必ず起こっていることを喜ばぬ人たち、そして実際にそんな現場に自分が巻き込まれる破目になると考える人たちがいる――わたしはこんなにも文明的で、穏やかで家庭的な人間だ、子どもたちもいるし、こんなおかしな混乱……そう、まさにこの混乱した危険な世界で子どもたちに成長してほしくない、そうじゃありませんか？あなた、そんな人たちは多いんですよ。そしてもしそうだとしたら、実際に今日の世界の人たちは確実なものをなにも持っていない――生活も、立場も、お金も、それどころか家族さえも。一つ言えるのは、昔はこの世には確実なものがもっと多かったということです。要するに、この今日の時代を愛したくない、そんな確固たる考えを持った人たちがいる。そしてその人たちの中には、ひどく悪くて暴力的な通りに住まざるをえないが、自分としてはできれば鼻も突っ込みたくない、という考えにとりつかれた不幸な人たちもいる。なにか手はないものか。なんともならない——でも人生にはなにかしら逃げ道があるんです。

そしてここがわたしの出番なんですよ、あなた。わたしはそんな人の手に、自分の会社の見積書を押し込んでやる——「二十世紀はお気に召しませんか？　それなら、わたしにご相談ください！　過去のどんな時代にでも、それ専用に特別に作られたわが社の乗り物にてあなたをお運びいたします！　単なる旅行ではなく、永住のための移転です。生活してみたい世紀をお選びください。有資格の職員たちの手によって、早く、安く、安全に、あなたのご家族、さらに諸設備とともにあなたをお運びいたします！　わたしの乗り物は現在、三百年の範囲でしたらどこへでもお運びできますが、さらに二千年から三千年の行動範囲を楽に移動できる乗り物を準備中です。運航年一年分の費用は、積荷一キログラムあたり、コルナでこれこれしかじかです——」

いくらになるのか、それは今のところわかりません。それにわたしは、時間の中を動き回ることのできる乗り物を持っていない。でも心配ご無用、もうわかっているのです。鉛筆を手に取って、その仕事でいくら儲かるかを計算すれば十分だ。この愚かしい乗り物については、もう十分考慮された機能的システムが用意されています。

たとえば一人の紳士がわたしの所に来て、この忌まわしき世紀を逃れてどこか別の世紀に移りたいこと、言ってみれば、毒ガス戦、軍備競争、ファシズム、そしてこの進歩というもの全体にうんざり、そう、まさにうんざりしている、ということを話したとする。わたしはその紳士に愚痴を言いたい放題言わせた上で提示してみせる――「どうぞ、お選びください。これはいろいろな世紀の見積書です。たとえばこれですが、十九世紀です。教養の重んじられた時代で、抑圧も厳しくなく、小規模の戦争が適切に行なわれました。華麗な学問の開花、経済的進展の豊かな機会。特におすすめしたいのは、深い平安と人びとに対する人道的取扱いに満ちた、いわゆるバッハの時代〔オーストリアの政治家アレクサンデル・バッハ（一八一三―一八九三）が内相として絶対主義的権力を行使した一八四八―五九年の時期〕です。さもなければ十八世紀。精神的な価値と思想の自由に興味のある方には特に向いています。思想家と知識人諸賢にはとりわけおすすめです。または、どうぞキリスト死後の第六世紀をご覧になってください。実際のところ、当時はフン族が支配していましたが、深い森の中に身を隠すこともできました――牧歌的な生活、豊かなオゾンに満ちた大気、フィッシングその他のスポーツ。でなければ、いわゆるキリスト教徒迫害期、比較的かなり文明化した時期——ぬくぬくしたカタコンベ〔もとは聖職者らの地下墓所。避難所・礼拝所にもなった〕、宗教的その他の面での著しい寛容、強制収容所絶無、等々」

要するに、このような二十世紀の人間が、もっと自由に人間的に生きられるであろう別の時代を選ばないとしたら、わたしには不思議に思われるのです。そしてわたしにこう言わないとしたら——「もし割引してくれるなら、わたしは旧石器時代に引っ越したいんだがね」。でもわたしはこう言うでしょう——「残念ですが定価厳守なんです。これをご覧ください。原始時代に移住するための注文書です。そこへは大事なお客様を集団でのみお送りいたしますが、お一人様につき十二ポンドの荷物しかお受けできません。それ以外のご要求には応じられませんのでご了承ください。一番早い空席は、来年三月十三日発の旧石器時代行きの便になります。この場で座席を確保することをお望みなら……」

どうでしょう、あなた。すばらしい商売でしょう。三十台の引っ越し用車両と集団移転のために六台の乗客用バスがあれば、わたしは今すぐにでもこの仕事を始めたい。この仕事でわたしに欠けているのは、時間の中を動き回る車だけなんです。でも、そんな車をじきに誰かが発明するでしょう。言ってみれば、実際に今日か明日のうちにも、それはわれわれの文明世界にとって生活必需品になりますよ！

（一九三六年）

# 一番客

――一般に社交生活と言われるものについて、わたしは申し上げたい。まだそれに対しては十分なシステムができていない状態です。フロックコートやタキシードを借りることはできます。ウェイター、ピアニスト、それどころか、いわば食欲をそそるためのメイドさんたちさえ、ついにはエプロン付きで借りられます。お客用の夕食すべてを、最後の小さなロールパンにいたるまで、さらに食器もなにからなにまでそろえて自分の家に持ってきてくれと注文することもできる。社交生活の向上のために、これまで相当なことがなされましたが、それでもまだ大変な欠陥があるんですよ。あえて申し上げたいんですが、非常に重大な欠陥です。

つまり、たとえばどこかのティーパーティーとかレセプションとかに招待されたとします。最高の気分でドアのベルを押しホールへ入って行くと、突然、そこにはまだ一つのコートも帽子もかけられていないことに気づきます。これは恐ろしいことですよ、あなた。まずその場を逃げ出したくなる。さもなければ、家にハンケチを忘れてきちゃったから取りに行ってしばらくしたら戻ってきます、などと言いたくなる。でも、それはもう間に合わない。そんなことを考えたと気づかれないように、「わたしが一番客ですか？」と大きな声で言う。すると白いエプロンをかけた娘さんがお辞儀をして、くすくす笑いながら「はい、そうです」と答える。そしてあなたはその場にはまり込む。もはやホストたちの手に落ち、「少し早く来すぎましたね」とか「時計が進んでました」とか、当惑顔に呟くことになる。それに対して相手たちは、「とんでもない、うれしいことです」とか「誰かが一番にならなきゃなりません」と、熱心すぎる口調で保証してくれるでしょう。もちろんそれは本当です。でもそれはまだ、まさにあなたがその誰かにならなきゃならないということを意味しているわけではありません。そうじゃありませんか？　どうしようもないことに、一番客はいつも、自分自身をいささか愚かしくぎこちなく感じるものです。まるでその招待を過分な名誉とみなして有り難がっているかのように、あるいは故意に目立とうとしているかのように、等々——簡単に言えば、尊厳を失った状況になります。そして、そうなってからかなり時間がたってやっと二番目の客が現れるように感じ——続いて次の客たちが、ちくしょう、あとはもう流れをなしてやってくる。それからホストたちの前に正式に歩を進めるが、（あまり長いこと待っていたためにぼーっとなって）なにをしゃべったらいいのかわからない。で、どこか別の所へ目のやり場を移そうとする。要するに、あなたはまさに阿呆みたいになって、その日はなにをやっても、自分の傷つけられた自尊心を修復できなくなります。

そして今こそご想像ください。そのようなティーパーティー、ディナーパーティー、さらに間が悪い社交全体がどのようなものか。そのたびに悪しき星のもとに生まれた不運な誰かが、一番客という悲惨な役を担わなければならないのです。人びとがその間の悪さのために受ける打撃がどんなものか、はかり知れません。だから、こんなことが起こらないようになにか歯止めをかけなきゃならない、という考えがわたしに浮かんだのです。

たとえば、職業として一番客となる人を貸し出す組織を経営したらどうでしょう。電話一本で、会が始まる十五分前に指定の場所へその会の一番客になるよう、わたしが自分の配下を送ってさし上げます。その配下は代償として二十コルナと食べ物をもらう。もちろんちゃんとした服装をして教養があり、専門的訓練を受けていなければなりません。二十コルナという代金は、並の学生とか年老いて物静かでデリケートな年金生活者の場合でしょう。スポーツマンならもっと高い、たとえば五十コルナになります。人品いやしからぬ外国人とかロシアの貴族ならおよそ六十コルナの価値があるでしょう。わたしが派遣するプロの一番客は、ほかの人が一番客として到着するよりも前にその場にいなくてはなりません。その人物は次の客がやってこないかぎり、ホストたちの傍らに立ってお相手をし、それから出されているカナッペかなにかをつまんで、やがて人知れずその場から姿を消すのです。

申し上げますが、それと同時に誰もが幸せになること請け合いです。自分よりすぐれた人たちと付き合えるようになります。おわかりでしょうが、それは人びとが真の社交によって誰かと知り合うからです——要するに、このことはそれ自身で社会的に有用な側面も持っているんですよ、あなた。これは大きな投資がなくとも経営できるでしょう——小さな事務所と電話さえあれば——。

（一九三六年）

# ある提案

名誉ある財務省　御中

わたしは二年前に年金生活に入りましたが、それまでの三十五年間、税務関係の差し押さえ人として、忠実、かつ良心的に勤務してまいりました。その年月の間、わたしは豊富な経験を積んだので、他の財政専門家の大部分よりも、自分の専門分野の問題点を熟知していると言うことができます。特に、わたしが経験したところでは、わたしが知ったほとんどすべての人たちは、税金を払うのを喜ばないか、自発的でないか、いやそれどころかはっきり嫌がっているか、です。それはかなり明白に、税務諸機関に対してや、または納税者たちの間で（たとえば私的な会話の中で、飲み屋で、お客たちとの対話の中で、等々）表明されています。しばしばわたしは、こんな内容の発言を聞きました——われわれは闇雲に税金を払っている、または、なんのために払うのかわからない、あるいは「こんなことにわれわれの税金が使われる」のに、それに対して、われわれの地元の道路改修のための金はないなんて——というようなことです。そこでわたしの判断によれば、ふつうの納税者が税金を払いたがらない理由の一つは、名誉ある財務当局が苦労して徴収したその金を、一体なにに使うのかが想像できないことです。つまり、それらの金が公共の繁栄とか納税者自身が同意するような目的に向けられるかどうかについて、皆がなんらかの不信の念を持っているからです。

自分自身の経験に従い、かつ長いこと考えた結果、わたしは次のような結論に達しました——この事態を解決するのは難しくない。納税者のそれぞれが、自分が払う税金がなにに使われるか書かれた納税通知書を直接受け取るような状態をご想像ください。たとえばこうです——「あなたから徴収した分は、あなたの町の学校の用務員ヨゼフ・ヴラベツ氏に、九月・十月・十一月の三ヶ月分の給料として支払われます」「あなたによって支払われる税金から、国道延長四百五十一キロメートルのうち、七メートル分が改修される予定です」「この金額はどこそこ居住の元郵便局長アドルフ・コペツキー氏の年金として支払われます」「あなたの税金はこれこれ防空連隊のサーチライト購入用に使われる予定です」等々。

この新しい徴税方式の利点は次のようになるでしょう——一、納税者は自分の税金がなにに使われるか知ることになるが、そのことは納税者を納得させ、喜んで納税することへのためらいを克服させる。二、自分の税金が使われる公共サービス、または需要部門に対する積極的な関心を納税者の心中に起こさせる。

具体的に言えば、わたしが前に述べた例の場合、ふつうの納税者だったら、町立学校の用務員ヨゼフ・ヴラベツ氏が自分の義務をどのように果たしているかを見に行くでしょう――廊下をきちんと掃除しているか、時間通りにベルを鳴らしているか、身分不相応の生活をしていないか。そして全体的に、われわれの若者たちに責任を持つ学校用務員として期待された通りに行動しているか。同じく、国道延長四百五十一キロメートルがどのように構成されているか、そのどこかで盗みが行なわれていないか、自分の税が充てられる国道の部分が完全に大丈夫か。さらにまた、元郵便局長アドルフ・コペツキー氏を訪問して、そのご老人になにか欠けている点はないか、居酒屋へ足繁く通いすぎてはいないか、などを確認するでしょう。場合によっては、氏を日曜の昼食に招いて個人的関係を結ぼうとするかもしれません。同じく、サーチライトと軍事全般についての納税者の関心がさらに高まり、そのことを自分の貢献だと考えるようになり、こう言うでしょう――「われわれの軍隊はどうだい、サーチライトなんか持っているんだよ！　ぼくがその金を出しているんだ。そのことははっきりしている」

財務省にご考慮いただきたいのです――このまことに簡単な方法で、自分の税金でどんな成果があるのか、ということに対しての納税者の信頼度がいかに高まるかを。自分の金の正当な使用を自分でいかにコントロールできるか、特に年ごとにその税金を異なる目的に使用するなら、公共の行政のさまざまな分野についての納税者の関心をどれほど高めることができるか。そのような関心を持つ納税者は、前もって今年は自分の金がなにに用いられるか、その分でちゃんとした仕事がなされるようにいかに見守るか、そして場合によっては、学校用務員ヨゼフ・ヴラベツのさまざまな不行跡や、四百五十一キロメートルをこぎれいな部屋のようにきちんと整備していない道路作業員に対して、いかに注意するかを楽しみにするようになるでしょう。それどころか、多くの人たちは税務行政に実際より多くの利益を与えるでしょう。なぜなら、その人たちの払った税金に合わせて、順次、より高いカテゴリーの役人が割り当てられるようになるからです。そして多くの人にとって、少なくとも管理職クラス相当の納税者に昇格することは、野心的な問題です。たくさんの年頃の役人が、関係する納税者の家庭に招待され、そこの娘さんと知り合うでしょう。役人層と納税者層の間全体に緊密な人間関係が結ばれ、それは双方にとって利益になります。つつましい納税者が、自分の払うささやかな額のコルナがどこかの銀行の救済に使われる、という通知を受けたらどんなに誇らしく思うか想像できます。また、ピルゼンの市営ビール工場の重役会が、ビール工場に割り当てられた税金の一部が詩と文学のための国家費の補助金になると告知されたなら、うれしい驚きを示すことでしょう！

このような状況に置かれれば、税金を払うことがいかに活性化するか、考えは尽きません。好ましからざる義務の代わりに、納税はそのままロマンチックな冒険となり、納税者にたえず新しい個人的関心と、尽くることなきさまざまな楽しみを与えることでしょう。

それゆえ、名誉ある財務省におかれましては、貴下のつつましく忠実な職員N・Nの、この控えめなる提言を何卒ご考慮くださいますようお願いいたします。

（一九三七年）

# ビハーリ男爵の債権者クラブ

かくしてまた、われわれの仲間の一人であるポリツェル老人がこの世を去った。ご存じのように、かれはタイプライターを売っていたが、神よ、かれに永遠の栄誉を与えたまえ。本当のところ、かれはすでに八十歳をいくつか過ぎていたけれども、それでもまだ長生きできただろう。かわいそうに、老人はわれわれの火曜日の会に出ることをかくも喜んでいたのだ。こんなにも早くわれわれのもとを去るということが予期できたなら、かれをわれわれのクラブの会長に選んだだろうに。それはかれが最大の債権者の一人だったからではない。老人を喜ばすためだ。実際にはかれは男爵に対して数千コルナの債権を持っていただけだった。また、これも否定できないが、あなた、クラブとしては稀なことではあるが、われわれの間には善意があるんだ。そう、今となってはどうしようもないことだ。でもわれわれはかれに喜んで見てもらおうと、その棺に花輪を捧げた。

それはどんなクラブか、だって？　こういうことだ――かつてプラハに、ビハーリ男爵という人物が住んでいた。とても体格がよく気品のある人物で、髪は烏の濡れ羽色だったし、その両の瞳は――そう、女たちは狂わんばかりになって男爵を追った。男爵はブベネツに大きな邸を借り、二台の自動車を持ち、愛人に関しては口座だけでも七人分あった。空虚な名誉ではあったが、この男爵様はとても気前のよい紳士だった。スロヴァキアに大きな領地を、ヤシナの近くのどこかに森に囲まれた荘園を所有し、パルプ工場やガラス工場、それに油井をアンタロヴェツのどこかに持っていることになっていた。それは一言で言えば、おとぎ話に出てくるような大財産である。その大財産のために、トラクターや車や、事務所の設備に小切手、タイプライター、宝石、そして花束等々、一体なにが必要か思いもつかないことだろう。その通り、こんな大財産には、恐ろしく大変なコストがかかる。だが男爵は、それもうまく格好をつけた。すべてを大々的にやってみせたのだ――世間の目はかれに釘付けになった。

だがやがて、パルプ工場はない、石油もない、森に囲まれた荘園も大きな領地もないことが明らかになった。ガラス工場だけはあったが、そこの機械を男爵はすでに売り払っていた。さらに、ビハーリ男爵は男爵などでは全然なく、ペレチーン出身のハイム・ロートというただの男であることが判明した。かれに対して、詐欺とかそんなことで告発がなされるべきだったが、債権者の中の二、三人が集まって相談した時、男爵に多くを請求できないことがわかった。男爵の邸の中にあったカーペットや香水なんか、誰にとってもなんの役にも立たぬことは言うまでもない。男爵が収監されたらありったけの物を取り返しに行こう――最初、債権者たちはこう考えた。だが、一方でこうも考えた――あの悪漢めは、なんとか金にありつくかもしれない。あいつはいかさま師で、あつかましくて、貴族みたいなふりをすることができる。金持ち女と結婚してくれる可能性もある――要するに、そんな場合には、われわれにせめていくらかは払うことができるだろう。だから今かれを破滅させてはいけない、さもなければもうわれわれは自分が出した金に二度とお目にかかれまい。

そんなわけで、すべての告訴は取り下げられ、債権者クラブが結成された。会員数は約百七十名だった――それはまるでロータリークラブみたいで、会員それぞれが異なる職業だった――自動車販売業者たち、ワインセラーのウェイターたち、銀行家たち、洋服の仕立て師たち、宝石商たち、花屋たち、建築家が一人、馬商人が一人、香水商、お針子、弁護士が二人、どこかの売春婦その他で、負債の総額は千六百または千七百万コルナだった。そしてわれわれは、かれが誰かにぶっとばされることがないようにどうやって守ってやったらよいか、集まって相談した。かれがあちこちで運だめしができるように、うまく泳がせておき、その一方で捕まってしまうような悪事をしでかさぬように注意しなければならなかった。一度かれから目を離したことがあったが、かれはすぐさまなにか詐欺をやらかし、われわれは密かに後始末をしなければならなかった——そうです、あなた、あれはスリル満点だった！ あいつ、あの男爵のやつはトランプのゲームに憑かれていて、ただただインチキばかりしていた。さもなければ、夢みたいな大金が得られるからと言って、スパイをやりたがった。そんなわけで、常にわれわれの中の誰かがかれを見張らなければならなかった——にもかかわらず、男爵はひどく好ましい交際相手だったのだ。いつもすばらしくもてなしてくれ、その後で「この場は払ってくれないか、あとで請求書をわたしに送ってくれ」と言った。実際に、この当時ほど男爵をうらやましく思ったことはなかった。そしてまた、われわれ自身それに慣れてしまって、皆がよく納得していた。年配で慎重な、経験に富み、男爵に貸した自分の金のことしか考えようとしない人たちでさえもそうだった。

やがて男爵はわれわれの前から姿を消した。アメリカへ、ハリウッドへ、あるいはどこかへ逃げたという噂だった。あいつはこつこつ金をためたりせずに、いつか一挙に莫大な金を作るかもしれないのに。だが、何年かたってまたわれわれの所へ戻ってくるかどうか、誰が知るだろうか。ただ、ご承知のように、われわれ債権者たちは本当にクラブに慣れきっていた。男爵がいなくなったのはひどく残念だし、金のことはもちろんだが、われわれが週一回の会合をやめたら、それはもっと残念なことだ。おわかりのように、われわれはいつも経済問題について、今日なにが難点でなにがインチキなのか、とても公正に話し合っていたし、またかつてのような事業における団結性もなくなっていたから。それに、さまざまな仕事の面での経験話も交換していた。一体ここ以外のどこで、われわれの同国人が、自動車業界と花卉園芸業がどんな様子か聞けるだろうか。われわれの所、このわれわれのクラブには、いわば一つの乗合舟のように、これらの仕事の分野のすべてが同居しているのだ。そこでわれわれは考えた――どうしようもない、男爵はどこかへ行ってしまった、でもわれわれはここに集まったし、これからもずっと集まり続けるだろう、それだけだ。そう、そこでわれわれは毎週火曜日さらに会合を続けるだろう。もう十年にもなる。われわれはいつもあの男爵のことを思い出し、かわいそうにかれがあのアメリカでどんなふうに放浪しているかを考え、それからあの悪しき時代のことを語っていささかほっとし、さらに互いのあらゆる病気のことを話し合える。そう、すでに十二人ほどの仲間が実際にあの世へ行った。そして今、年老いたポリツェル氏が仲間から欠けた。あなたがビハーリ男爵に会ったことがないのは残念だ。

とても魅力的な人でしたし、もし会っていたら少なくともあなたはわれわれのクラブに参加できたでしょうに。

（一九三七年）

# トンダ

トンダについての話は、こんな具合だった——いつだったか、うちにおばちゃんと呼ばれる女性がやってきた。妻の姉に当たる人だが、ぼくに相談したいことがあるらしかった。それは馬のことだったと思う。おばちゃんは自分の農場に馬を買い入れたがっていた。そこでぼくにこう言った——「ねえ、あんた。鉄道員なんだからいろんな人を知っているでしょう、市場に通っている馬商人なんかも。それで、なにかぴったりの馬がいるか尋ねたりしてもらえればねえ」

ぼくらは主に農場のことをあれこれ話していたが、おばさんがなにか一杯に詰まった袋を持っているのがぼくの目に入った。あれはガチョウだな、とぼくは見当をつける。フランチーク、おまえは日曜のお昼のごちそうにガチョウが食べられるぞ、と心密かに考えた。一応おばさんとの話は片が付いたが、ぼくはずっとそのガチョウのことを考えていた。目方はおそらく八ポンドはあるだろうし、ローストすれば脂もたっぷりだ――おばさんて話せる女性だなあ。するとおばさんはこう言った――ねえあんた、相談にのってくれたお礼にちょっとしたものを持ってきたわ。そしてそれを袋から取り出した。するととたんにそれがキーキー鳴き出したので、ぼくは兎みたいにぴょこんと跳び上がらんばかりに、すっかりたまげてしまった。目をこらすとそれは生きた子豚で、ナイフで切り刻まれるかのように鳴きわめいている。とっても上等な子豚だ、それは否めない。おばさんという人は、こんなにも単純な人なんだ。鉄道の車掌とは気安く口にされる存在だが、こんな田舎の女性は、車掌の中にお役所的なものの影を見る。車掌は人々に大きな口をきき、あっちへ行け、こっちへ行けと指図でき、ついにはみんなをかっかとさせる、そう、要するにお役所と同じだ。そこでかわいそうにおばさんは、なんとかそのことを示さなければ、と考えたわけだ。それにぼくを重んじてもいる。それは本当だ。そしてうちの子供たちのことも、まるで自分の子のように愛している――ほらね、こんな子豚を持ってきたわ。さあどうぞ、うちの牝豚が産んだのよ。

おわかりのように、子豚がキーキー鳴き出した時、すぐに駆けつけたのは妻と子供たちだった――いや、大喜びだった。男の子はしっぽをつかんで、キーキー鳴く様子を見て飽きることがなかった。女の子のアンドゥラは子豚をひざの上に抱き、まるで赤ん坊のようにあやした。子豚はおとなしくなり、満足したようにブーブー鳴き出し、やがて眠り込んでしまった。女の子はまるで彫像のように座り、子豚はエプロンにくるまっていたが、女の子の両目は瞬く間にぱっちりと聖女のようになった――こんな小さなねんねの女の子のどこにこれだけの母性が生ずるのか、ぼくにはわからない。

それからぼくは言った――しかたない、おまえたち、薪小屋を空けてトニーチェクの小屋を造ってやらなきゃ。――なんでその子豚をすぐにトニーチェクと言ったのか、ぼくにはわからない。だが、うちで生きていた間はその名のままでいた。もっとも、十キロを超した頃からトニークと呼ばれ出し、その後はトンダ〔いずれもアントニーンの愛称〕になったことは事実だ。つまり、うちのトンダ、というわけ。こういう豚がどんなに早く大きくなるか信じられないだろう。七十キロになったら、ザビヤチカ〔飼豚を屠殺して処理すること、およびその後の祝宴〕だな、とぼくは計算した。一部は食べ、一部はあぶってラードを取り、わき腹肉は冬に備えて上手に燻製にしよう。そこでみんなはトンダにえさをやって育て、夏の間ずっとザビヤチカを楽しみにしていた。そしてトンダは、ぼくたちを追って居間まで入り込み、体を掻かせ、あえて言えば、今にもぼくらと話さえしそうだった。豚は愚かな動物だ、なんてぼくの前では誰にも言わせない。

クリスマスの頃のある日、ぼくは妻に言った——なあ、もう肉屋を呼んでもいいんじゃないか？

「なんで？」妻が言う。

「うん、トンダにナイフを入れてもらうためさ」

妻はただひどくびっくりしてぼくを見ているだけだった。ぼく自身もなにか変なことを言ったように感じた。「あの豚を殺してもらうためだよ」と急いで言った。

「トンダを？」妻はそう言い、ずっと妙な顔つきで見ていた。

「でもそのために飼っていたんだ、そうじゃないか？」ぼくはそう言う。

「それならあの子にクリスチャンネームなんてつけなきゃよかったのに」妻はわめいた。「わたしは口に入れることなんかできないわ。考えてもみてよ、トンダの肉で作ったソーセージを。でなきゃトンダの耳を食べることを。わたしにそんなことをしろ、なんて言わないで。子供たちにだってそうだわ、言っちゃなんだけど、人食いみたいな気分になりそうだから」

おわかりでしょう、あなた。愚かな女だ。ぼくも妻にそう言ってやったが、どんな言い方をしたかは、お尋ねくださるな。だが、一人になってあれこれ考えていると、自分でも妙な気分になった。ちくしょう、トンダを殺し、トンダの体を四つにばらし、トンダの肉を燻製にする――それはどうもうまくないぞ。ぼく自身も、そんなものは食べたくない。そんな人でなしじゃない、そうだろう？　あれに名前がなければ、豚は豚なのに。いったんトンダになったからには、ほかの豚とは違う関係だ。どう言ったらいいだろう――ぼくはトンダを肉屋に売ることは売った、それでも自分が人売りみたいに感じた。代金は懐に入っても、少しも楽しくなかった。

そこで考えたのだが、人が人を殺せるのは、相手が自分にとって名前を持たない場合に限るのだ。もし、自分が銃を向けた相手が、フランチシェク・ノヴァークとかなんとか、あるいはたとえばフランツ・フベルとかトンダとかヴァシルとかいう名前だとわかったら、心の中でなにかが語りかけることだろう――なんてこった、撃つな、あれは間違いなくフランチシェク・ノヴァークだぞ！

もし世界中のすべての人たちが、自分の正しい名前で互いに話しかけることができるとしたら、人間同士の間には少なからぬ変化が起こるだろうと思う。しかし今日、人々や民族は、どうしてか互いに名前を明らかにすることまで行き着けない。これはまことに悲惨な状態ですね、あなた。

（一九三七年）

# 旅行について

**男**　ちょっと聞いてくれ、今年はヴァカンスにニュージーランドへ行けるかもしれないよ。
**女**　なぜ？
**男**　そうだな、それは……きみは『グラント船長の子供たち』〔フランスの作家J・ヴェルヌの冒険小説〕ってお話を読んだことがあるかね？　いつかニュージーランドをこの目で見る、てのが子供の頃からのぼくの夢なんだよ。
**女**　いいわ、あなた。それじゃ、ニュージーランドへ行くことにしましょう。あなたには想像つかないくらい楽しみにしてるわ。

＊

**男**　（船便の接続、ニュージーランドの地図などを研究している）ふむ――ふむ――これは馬鹿な接続だな！――それにここには、大きな道さえ見つからない――どうも船で行かなきゃならないみたいだ――ふむ――そこへ行けばなにか接続があるんだろうな。

**女**　ちょっと聞いてよ……聞いてる？

**男**　なんだい？

**女**　今年はアイスランドへ行けないかしら？

**男**　なぜ？

**女**　みんな今年はアイスランドへ行くわ。

**男**　それだから、ぼくらはニュージーランドへ行くんだよ。

**女**　でもわたしはアイスランドにとっても行きたいの！　きっとびっくりするような所に違いないわ！

**男**　そんなことを今さらぼくに言うのかね、ニュージーランド行きの計画をすっかり立ててしまったのに。

**女**　いいわ、あなた。じゃあニュージーランドへ行きましょう、あなたが行きたいなら。それで、もうこのことをこれ以上話すのはやめましょう、いいわね？

*

**男**　（船の接続、アイスランドの地図、アイスランドについての文献、アイスランドの伝説などを研究している）ふむ――ふむ――なんてこった、ここは接続がよくないな！　馬で行かなきゃならないだろう――そしてここでは、山脈を越えるのに小道さえ見当たらない。馬鹿馬鹿しい話だ――ふむ――そこへ到着するにはどうしたらいいんだ？　まあ釣り舟でも行くか。

**女**　ちょっと聞いてよ、わたしたちオランダへは行けないの？

**男**　なぜ？

**女**　カトウェイクではすばらしい海水浴ができるそうよ。エムチャが言ってたわ、去年そこへ行ったんだって――それにそこは物価がすごく安いって話よ。

**男**　でもきみはアイスランドに行きたがってただろ！

**女**　わたしが？　そんなこと思ったこともないわ！　だってあそこじゃ海水浴なんて全然できないじゃない！

＊

**男**　（オランダの地図、ホテルのパンフレットなどを研究している）ふむ――でもあそこは物価が高いぞ！　どうだ、オランダまで行くなら、オランダの植民地まで、スリナムとかジャワまで飛んでったら！――ちょっと聞けよ！

**女**　なに？

**男**　オランダまで行くなら、ジャワまで見物したいと思わないか？

**女**　そこで海水浴できるの？

**男**　もちろん、すばらしい海水浴ができるさ。それに、とてもきれいな白い船が航行してるよ。

**女**　それはすばらしいわ、ジャワへ行きましょう！　ちょうど新しい、赤いベルト付きの洗える白いドレスを買ったばかりなのよ――あなたには想像つかないくらいジャワ行きが楽しみだわ！

*

**女**　わたしたち、今年はジャワへ行くのよ。
**男友達**　なぜ？
**女**　海水浴をしに。すごくいい海水浴ができるんだって。
**男友達**　誰があんたにそんなこと言ったの？
**女**　みんなよ。水がすばらしいそうよ。
**男友達**　そうだね、でもサメがうようよしてるよ。ぼくならあそこへは行かないね。ジャワは退屈だよ。
**女**　じゃあ、あなたならどこへ海水浴に行くの？
**男友達**　ぼくならこう言うね――泳ぐなら、アルプス山中のモルタラゼー（モルタラ湖）だ。ラーゴ・ディ・モルタラだよ、わかる？　あそこでいつか泳いだことがあるんだ――そう、まさに至福だったたな！
**女**　で、そこからオランダへ、カトウェイクへは行けるの？

**男友達**　もちろん行けるよ。

＊

**女**　ちょっと聞いて……。

**男**　（アルプスの地図、アルプスの植生、ホテルのパンフレット、登山術の本……を研究している）

（ヴァカンスの後で）

**男友達**　それで、今年はどこへ行ったの？

**女**　ドブロヴニーク〔アドリア海に面するクロアチアの都市〕よ！

**男**　海水浴がすばらしかったな。

**男友達**　ドブロヴニークへ行ったなら、トロギール〔アドリア海の町〕を見物したかい？　しなかった？　それじゃなんにも見なかったんだな。ヴィス島にも行かなかった？　そりゃあ、あえて言わせてもらうが、余計な旅をしたもんだ。どこへ行ったらいいか、ぼくが教えてあげよう！

＊

**女**　ほら、だからわたしがあなたに言ったのに！　やっぱりアイスランドへ行くべきだったわ。ドブロヴニークなんかへはもう誰もかも行ってるのよ、あれは旅行なんかじゃないわ――。

（一九三七年）

# 光輪

クノテク氏は七時十五分前に、自分の一人寝のベッドの中で目を覚ました。まだ十五分は横になっていられるぞ、氏は満足気にそう考えた。その時ふいに昨日の出来事がぽかっと心に浮かんだ。ひどかったなあ、昨日はあやうくヴルタヴァ川に身投げしちまうところだったな！　だがその前に、ポリツキー主任に手紙を書いておきたかった。ポリツキー氏はそれを人に見せびらかしはしないだろう。いや、ポリツキー氏よ、死ぬまであなたは心休まることはない、あんなにも人を傷つけたんだから。部屋にある小さな机の前に座り、クノテク氏は銀行でかれの身の上に起こった不当な扱いと恥ずかしさに打ちのめされて、夜更けまでなにも書かれていない一枚の便箋と向かい合っていた。「こんな馬鹿はこの部署にいたことがないぞ」とポリツキー氏はわめいた。「そこのクノテクとやら、わたしはもうきみをどこかよそへ移す心づもりでいるんだが、こんな見事な人をそこでどう扱ってくれるか、それは神様だけがご存じだ。きみはなあ、この何千年間で一番仕事のできない銀行員だぜ」とかそんなことを言われたのだ。それはなんと、ほかの行員や女の子たちの前でだった。クノテク氏はその時、真っ赤になって消え入りそうに立っていたが、一方ポリツキー氏は怒鳴りまくり、クノテク氏の足下に件《くだん》の不運な計算書の一部を投げつけた。クノテク氏はあまりにも茫然自失の状態だったので、自分を弁護することさえできなかった。「ポリツキーさん、わかってください、その計算をしたのはわたしではなく、同僚のシェンベラなんですよ」と言うことができたはずなのに。シェンベラさんに文句を言ってください、ポリツキーさん、そしてわたしのことはそっとしておいてください。わたしはもう銀行に十七年もいるんですよ、ポリツキーさん。そしてこれまでに大きな過ちはなにも犯していません。しかし、クノテク氏が言葉を口に出さないうちに、ポリツキー氏はバタンと大きな音を立ててドアを閉めてしまい、事務所の中にはしらけた静寂が広がった。同僚のシェンベラは顔を見られないように自分の書類の上に上体をかがめ込んだ。それからクノテク氏は、魂が抜けたようにふらふらと自分の帽子を手に取り、事務所を出て行った。もうわたしはここへは戻ってこないぞ、まさに崩れ落ちそうな気分だ、もうおしまいだ。もうおしまい。午後の間ずっとあちこちの通りをさまよっていた。昼食を食べ忘れ、夕食も抜きで、まるでこそ泥のようにこっそりと自分の家に忍び込んだが、それは例の最後の手紙を書くためだった。これでおしまいになるだろうが、ポリツキー氏は一人の人間の生命の重みを、死ぬまで自分の良心の上に感じ続けることだろうよ。

クノテク氏は、昨夜遅くまで座り込んでいた小さな机に、考えをめぐらせながら目を向けた。一体本当のところなにを書きたかったのか？　今となっては、あのおごそかで苦々しい言葉を、なに一つまざまざと思い出すことができなかった。その言葉で、ポリツキー氏の良心に呵責を与えたかったのに。本当に、この小さな机の前に座っていると、あまりにもみじめで、それに寒かったので、わが身を嘆きながらさめざめと涙を流し、その後、空腹と悲哀のために弱気になり、ベッドにもぐり込んで死んだように眠りに落ちたのだ。あの手紙を今書かなきゃ、とクノテク氏はベッドの中で考えた。しかし、どうしてか暖かく心地よい感じだった――もうしばらく待とう、と氏は自分に言った――それから手紙を書こう。こういう問題は、落ち着いてよく考えなきゃならない。

クノテク氏は、あごの所まで掛け布団を引き上げた。一体なにを書かなきゃいけないんだ？　そう、まずなによりも、あの計算は同僚のシェンベラがやった、ということだ。だが、そいつはうまくないぞ、と氏はぞっとなった。あのシェンベラという男はたしかにドジなやつだが、三人の子供と病気持ちの細君がいる。しかも銀行に職を得てからやっと六週間だ――おい、あいつはぶっ飛ばされちまうぞ！「どうしようもないなあ、シェンベラくん」ポリツキー氏は言うだろう、「でも、そんな職員は銀行じゃ面倒みるわけにはいかないんだ」――それならただ、「わたしがあの計算をしたんじゃありません」とだけ書いたら、とクノテク氏は考えを変えた。だが、そうするとポリツキー氏は、誰がこんなへまをしたのか究明するかもしれない。そしてあのシェンベラくんは、やはりその職を去ることになるだろう。わたしはその責任を引き受けたくないな、とクノテク氏は残念な気持ちで考えた。シェンベラのことは、なんとか触れずにおかねばならない。わたしはポリツキー氏にただ、あなたはわたしをひどく傷つけた、わたしのことはずっとあなたの良心にとって重荷になるだろう、とだけ書くことにしよう――。

クノテク氏はベッドの上で上体を起こした。誰かがあのシェンベラに注意してやるべきだろう。どうだ、わたしならこんなふうに言う――なあきみ、ちょっと見て、それはこうでないといけないんだ。いいかい、わたしはいつでも喜んできみのお手伝いをするよ――だが、わたしはもうあの部署にいなくなる。それはまずい。そしたらあいつ、のろまのシェンベラは、あっという間に失職する。これは馬鹿馬鹿しい状況だな、クノテク氏は両膝を抱えて、あれこれ考えにふけった。実際、わたしはあそこに残るべきだろう――そしてわたしにあんなに不作法なことをしたポリツキー氏を許してやる、そうじゃないか？――そうだ、わたしをあんなにいためつけたポリツキー氏を許してやる。それがなぜいけないんだ？　あの人、ポリツキー氏は、すぐかっとなるタイプだが、なあきみ、本当にそう思っているわけではない。一時《いっとき》すれば、もうなんで憤激したのかわからない。たしかにあの人は厳格だが、自分の担当する部署はきちんとさせている、それはあの人のおかげだと認めなければならない。クノテク氏は実際に自分がもうそれほど深い怒りを感じていないのに気がついて、いささか妙な気分になる。なんとなく平穏で、ほとんど気持ちがいいくらいだ。それじゃポリツキー氏を許してやろう、氏は呟いた。そしてあのシェンベラには、どうすべきか教えてやろう――。

七時十五分。クノテク氏はベッドから飛び出し、洗面台にダッシュした。もうひげを剃る暇もない、急いで通勤用の服を身にまとうと駆け出す。クノテク氏は階段を降りて通りを駆ける。限りなく軽やかで陽気な気分だ、それはたぶん、自分の気持ちが落ち着いたからだろう。帽子を手に持ったまま駆けていく。楽しくて歌でも歌い出したい。さあ、カフェでおきまりのコーヒーを飲み、新聞に目をやり、それから銀行へ行こう、何事もなかったように――。

クノテク氏は頭に手をやった。一体なんでみんなは自分のことをあんなにじろじろ見るんだろう？　帽子になにか乗っかってるのかもしれない。いや、帽子は手に持ってるな。通りをタクシーが流している。突然、運転手がクノテク氏を見て車を急回転させ、危うく歩道に乗り上げそうになる。クノテク氏は首を振ったが、それは一つにはとがめるように、また一つにはタクシーはいらないことを意味するようにだった。みんなが立ち止まって自分をじろじろ見ているような気がする。ボタンがすべてはまっているか、ネクタイを締めるのを忘れていないか、あわてて触ってみたりさえした。いや、有り難いことにすべて大丈夫だ。そしてクノテク氏は、明るい気持ちで行きつけのカフェに入っていく。

見習いのボーイがびっくりしたような目でクノテク氏を見た。

「コーヒーと新聞を」クノテク氏は指示し、いつもの席にぬくぬくと納まった。ウェイターがコーヒーを運んできたが、クノテク氏のつるつるしたはげのちょっと上の方をびっくりして眺める。キッチンへ通ずるドアの所に、いくつかの頭が現れた。その人たちは唖然としてクノテク氏を見つめている。

クノテク氏は不安になった。「一体どうしたんだね？」

ウェイターは困ったように咳払いをした。「なにか頭におかぶりになってますね、旦那」

クノテク氏はあらためて頭に手をやった。なにもない。いつものように乾いて、つるつるしている。「頭になにか乗っかっているのかね？」吐き出すように言った。

「なにか、光（シャイン）のように見、見えますよ」ウェイターはつっかえながら、ためらいがちに言った。「わたしはそれをずっと見てるんですが――」

クノテク氏は顔をしかめた。明らかにわたしのはげ頭を笑いものにしてるんだ。「余計なお世話だ」氏はきつい調子で言い、自分のコーヒーに取りかかった。念のため、目立たぬようにあたりを見回し、鏡の中に自分の姿を見つけた。自分の立派なはげ頭と、そのまわりにある金色の輪のようなものが目につく――クノテク氏はものすごい勢いで立ち上がり、鏡の方に近づいた。金色の輪は氏とともに動いていった。クノテク氏は両手でそれに触れようとしたが、なにも探り当てず、氏の両手はその光の輪とともにぐるりと回るだけだった――まったくなにものにも触れず、ただ指先だけが微妙にかすかな熱を感じた。

「なんでこうおなりになったんですか？」ウェイターは同情まじりの興味で尋ねた。

「わたしにはわからないよ」クノテク氏は力なく言ったが、急に恐ろしくなった。こんな状態では銀行へ行けないじゃないか！　ポリツキー氏はなんと言うだろうか！　クノテクくん、そんなものは家へ置いてくるんだな、銀行ではきみのそんなものには我慢ができないね、と言うだろう。どうしたらいいだろう。クノテク氏は恐る恐る考えた。引っぱがすわけにはいかず、帽子の下に隠すこともできない。せめて家まで駆けていけさえすれば――「すまないけど」急いで言う、「この店には傘とか置いてないかな、これを傘で隠せれば、と思うんだ」

晴れた日の朝に、広げた傘をさして通りを駆けていく人間は、たしかにある程度目立つだろうが、それでも頭のまわりに光輪をつけて行進するのにくらべれば、ものの数ではない。クノテク氏は別に何事もなく家に駆け戻ったが、階段の所で出くわした近所のお手伝いさんは、驚きのあまり悲鳴をあげ、買い物を入れた袋を取り落としてしまった。暗い階段では、このような聖なる光輪は特にはっきりと輝くものだ。自分の部屋へ帰るとクノテク氏はドアに鍵をかけ、鏡の所に走った。そう、頭のまわりに光輪があって、それはシンバルより大きく、明るさはおよそろうそく四十本分だった。水道の蛇口から水を出してかけても、消すことはできなかった。それ以外には、動くことにもなんら妨げにはならなかった。銀行にはどうやって弁明すべきか、クノテク氏は必死に考えた。仮病を使わなきゃな、こんなふうでは銀行に行けやしない。管理人のおばさんの所へ走っていき、ドアの隙間から呼びかけた――「すみませんが銀行に電話をかけて、わたしは今日は出勤できません、ひどい病気にかかったものですから、と伝えてください」。幸運にも階段の所では誰にも会わなかった。自分の部屋に戻ると再び鍵をかけて閉じこもり、なにか読もうと試みた。しかし、二、三分ごとに立ち上がり、鏡の前に行った。頭のまわりの金色の輪は、静かに明るく輝いていた。

正午過ぎになると、ひどく空腹を感じ始めた。だが、こんなものをつけたままでは、行きつけのパブへ食事にも行けない。もはやなにか読むことさえ耐えられない。身動きもせずに座ったまま、独り言を言った――「これでおしまいだ」こんな様子ではもう人前に出られっこない。昨日身投げしておいた方がましだった。

誰かがドアのベルを鳴らした。

「誰ですか?」クノテク氏は激しい調子で言った。

「ドクター・ヴァニャーセクです。銀行から派遣されました。ドアを開けてくれますか?」

クノテク氏は、この上なくほっとした。医者ならたぶん助けてくれそうだ。ドクター・ヴァニャーセクは、それなりの年配で賢明な開業医だ――。

「で、どうしましたか?」年配の医者はドアの所で大声を出した。「どこか痛みますか?」

「見てください、先生」クノテク氏はため息をついた。「わたしがどうなったかを」

「どこですか?」

「ここです、頭のまわりですよ」

「おやおや」医者はいぶかしみながら検診を始めた。「わしは頭がおかしくなったのかな」

医者は口の中で言った。「なあ、あんたはどこでこんなふうになったの？」

「これはなんですか？」クノテク氏は不安気に尋ねた。

「光輪《グロリオラ》のように見えるな」老医師はとても深刻な調子で言った。まるで天然痘《ヴァリオラ》とでも言うかのように。「こんなもの、なあ、あんた、わたしは今までに見たことがないんだ。ちょっと待って、膝蓋反射も見よう――ふむ、瞳孔反応も正常だ。で、あんたのご両親はご健在かな？　そうかい？　宗教的な精神的高揚とかなにかそんなものは？　全然ない？　こんな幻影とかそんなものを感じてはいなかったかね？」

ドクター・ヴァニャーセクは、もったいぶって眼鏡をただした。「よく聞いてほしい、これは特別な症例だ。わたしはあんたをこの件で神経病のクリニックに送ることにしよう。学術的な検査をするようにね。近頃の文献には、脳内のさまざまな電流のことが書かれている――「悪魔のみぞ知る」だが、これはなにか電気的な照射かもしれない。この場所はオゾンが強く感じられる。なあ、あんたは有名な学術的症例になるだろうよ！」

「どうかそんなふうにしないでください」クノテク氏はパニック状態で叫んだ。「うちの銀行では、わたしのことを新聞が書き立てるのをとてもいやがるでしょう——どうか先生、わたしをそんな事態から救ってもらえませんか？」

ドクター・ヴァニャーセクはじっくり考えた。「うーん、こりゃ難しいことだ。わたしとしてはきみに臭素剤を処方しとくが、しかし——そう、わたしにはわからない。聞いてくれ、わたしは医者としてこの類の超自然的現象は信じないんだ。これは単になにか神経的なものに決まってる。だが——クノテクくん、きみはひょっとして、なにか「聖人みたいな行為」と言えるようなことをしでかさなかったかね？」

「聖人みたいなこと、ですか？」

クノテク氏はいぶかった。

「そう、なにか並々ならぬことだ。徳高き行為とかそんなことだ」

「わたしにはそんな心当たりはまったくありませんね、先生」クノテク氏はためらいながら言った。「ただ、一日中なにも食べなかっただけです」

「食事をすれば調子がよくなるかもしれないな」老先生はぼそっと言った。「銀行の方へは、きみがインフルエンザにかかっている、と言っておこう——いいかい、わたしがきみの立場だったら、いささかばちの当たりそうなことを口にしてみるけど」

「ばちの当たりそうなことを？」

「そうだ。さもなきゃなにか犯罪を犯してみるか。きみにとって別に害にはならないことで、やってみる価値はある。そうすれば、きみの光輪はひとりでに消えるかもしれない。そう、わたしは、きみの様子を見にまた明日来ることにする」

クノテク氏は一人になると、鏡の前に立ち、ばち当たりなことを言ってみた。だが、ばち当たりなことを言うには、あまりにも想像力が少なすぎたのか、どうなのか。クノテク氏の頭のまわりの光輪は、びくとも動かなかった。クノテク氏の頭の中には、ばち当たりなことはもうなに一つ浮かばなくなった。そこで鏡の中の自分の姿に向かってべろを出してみさえしたが、ついに力尽きて腰をおろした。空腹だった上に精力を使い果たして、泣きたいほどだった。もはやどうしようもない、氏は打ちのめされながら考えた。

――これはすべて、わたしがあのポリツキーという犬畜生めを許してやったせいだ。それだけの価値があるような気がしたのに。まわりの連中に対して冷酷で、肩を並べる者もない出世主義者だ。もちろん、銀行の女の子たちには文句も言わない。なんであの赤毛のタイピストをあんなに何回も口述筆記に呼びつけるのか、ポリツキーさん、わけを知りたいですね。なにかを勘ぐってるわけじゃありませんよ、ポリツキーさん。でも、あなたのような年寄りのおじさんには、あんなことは必要ないでしょ。高いものにつきますよ、ポリツキーさん。あんな若い娘は、金がかかるものです。そんなことをした主任とかマネージャーとかは後になって相場で山を張り、銀行は損を出すことになりますよ。それが慣わしですよ、ポリツキーさん。それを同僚の一人として黙って見ていていいものでしょうか？　誰かが役員会に注意すべきでしょう、主任さんに気をつけろって。あの赤毛のタイピストにも。タイピストに聞いてみてください、お化粧代や絹の靴下の金を、どこで手に入れたのか——あんな靴下を銀行にはいてくるなんて、一体いいんですか？　わたしが絹の靴下をはいていますか？　わたしにはわかってるが、あんな娘が銀行勤めをするのは、ただ誰か男を、マネージャーでもあさるためなんだ。だから銀行にいても口紅ばかりつけて、自分の仕事をきちんとやらないんですよ。女の子はみんな同じだ、とクノテク氏は苦々しく考えた。もしわたしが主任だったら、あなた、別のやり方にするんだけど——。

あるいは、あのシェンベラのやつめ、クノテク氏は思いにふけった。あいつはコネでうちへ来たんだが、二足す二さえ数えられない。おまえをわたしが助けてやる、だって！　あんな骨と皮だけのがりがりのくせに、子供をあんなに作りやがって。このわたしには、女房や子供も許されないのに。わたしのこの給料じゃ、一体どうなるんだ！　こんな安直な考えの連中を、銀行は一人も採用すべきじゃないだろう。それに女房は病気だってね、シェンベラくん――だが、そのわけはわかっている。もちろん、わたしは助けてやらざるをえなかった。例のことは犯罪行為になっただろう、なあきみ。もし誰かがそれをちくったらね。いやいや、もう一度なにか間違いをしたなら、今度はもうかばってやらないぞ。それぞれ自分のことだけで精一杯だ。銀行は誰かを助けるためにあるんじゃない。それにわたしだって、「クノテクくん、きみの義務はなにかね？」と問われかねない。それぞれの間違いに注意すること、その間違いを隠さないこと。「それは昇進の妨げになりかねないね、クノテクくん」。自分のことだけ見て、右も左も脇見をしないこと。なんらかの地位に着きたいと思う人は、まやかしの同情に身をゆだねてはならない。ポリツキー主任さんやマネージャーは、同情心なんか持ってるだろうか？　それでわかるだろう、クノテクくん！

　クノテク氏は、空腹と気落ちのあまりあくびをした。神よ、せめて外出できればなあ！　自分自身に対する憐れみに満ちて氏は立ち上がり、鏡の所へ自分の姿を見に行った。鏡の中には、ただありふれた、当惑した人間の顔しか見えず、その顔のまわりにはなにも、まったくなにもなかった。輝きの名残のようなものさえなかった。クノテク氏は、鏡に鼻がぶつからんばかりに近づいたが、なにも現れなかった。ただ薄くなった髪と目のまわりのしわだけが見えた。金色《こんじき》の光輪の代わりに見えたものは、ただ素っ気ない部屋の薄暗闇とわびしさだけだった。

クノテク氏は、限りない安堵の吐息をもらした。さあこれで、明日の朝は、再び銀行へ行くことができるぞ。

（一九三八年）

# 空を翔べた男

　トムシーク氏は、ヴィノフラディ病院下の道を歩いていた。それは健康のための散歩だった。というのも、トムシーク氏は健康にはことのほか気を遣っていたからである。氏はサッカーのリーグ戦の熱心な観客として、本当に熱狂的なスポーツマンだった。春の宵闇の中を早足に身軽に歩いていたが、あちこちで出会うのは、カップルかストラシュニツェ〔ヴィノフラディの隣接地区〕の誰かぐらいのものだった。万歩計を買うべきだな、と氏は考えた。一日に何歩歩くかわかるように。

　そして突然、もう三晩も同じ夢を見ていることを思い出した——通りを歩いていると、乳母車を押している女性とぶつかりそうになる、そこで左足をただ軽く踏み出すとその瞬間、高さ三メートルほどの空中に体が浮き、乳母車を押す女性を跳び越え、滑空して地面に着く。夢の中では、そのことを全然不思議に思わなかった。まったく当然のことのような気がして、この上なく気分がよかった。ただちょっぴりおかしく思えたのは、これまで誰もそれを試みなかったことだった。実際こんなに簡単なのに。自転車に乗って行く時のように、ただ両足を少し振るだけで十分なのだ。それだけでトムシーク氏は再び高みに体を浮かせ、二階の高さで空中を泳ぎ、そして軽々と地面に降りる。足を踏み出せばそれで十分、まるで大回転塔に乗っているかのように苦もなく空中を翔ぶ。地面に接触する必要さえなく、足をこんなふうにすればもっと翔んでいく。トムシーク氏は、夢の中でついつい声に出して笑ってしまう、これまでに誰もこんな技巧を達成しなかったとは。ただ足を地面から軽く空に突き出すだけ、それでもう翔ぶことができるのだ。実際それは歩くよりも楽で自然だ、トムシーク氏は夢の中でそう認識する。明日は、体が空に浮くまで試してみなければなるまい。

三晩もその夢ばかり見ていたな、トムシーク氏は思い出す。それは楽しい夢だ。夢の中ではあんなに軽々と――そう、あんなにわけもなく翔ぶことができたらすばらしいだろうなあ、ほんの少し足を踏み出すだけでいいんだ――トムシーク氏は、あたりを見回した。ついてくる人は誰もいなかった。氏は、ただ戯れに少し助走してから、まるでぬかるみを跳び越すかのように左足を踏み出した。その瞬間、氏の体は三メートルほどの高さに浮き上がって飛翔し、地上を見下ろす平べったい弧を描いてさらに翔んだ。不思議だ、とはまったく感じなかった。本当に自然で、ただ回転木馬に乗っているかのように心地よく興奮するだけだった。トムシーク氏は少年のような喜びで、今にも叫び出さんばかりだった。だが、すでに三十メートルほど翔んだ後に地面に近づくと、そこにはぬかるみが見えた。そこで夢の中のように少し両足をばたつかせると、まさに時をおかず、氏の体は上方に跳び上がり、さらに十五メートルほど翔んだ後に軽々と衝撃もなく地面に降りた。そこはストラシュニツェへ歩いていく人の背後だった。その人は怪訝そうにあたりを見回した。明らかに、それまで足音が聞こえなかったのに、背後に誰かがいるのが気に入らなかったのだ。トムシーク氏は、できるだけ目立たぬようにその人を追い越した。さらに元気づいた足が地面から踏み切って、また翔び始めないかと、ほとんど恐ろしさを感じるほどだった。

きちんと試さなきゃいけないな、とトムシーク氏は独り言を言い、例の独りぼっちの道を家に向かっていた。だが、やってみようとした時に、ひと組の恋人たちと保線係の鉄道員に連続して会った。そこで脇道にそれて、飛翔の発進点になる空き地にまで辿り着いた。もう暗くなっていたが、トムシーク氏は、明日になったら忘れてしまっているんじゃないか、と心配したのである。今回は前よりもためらいがちにスタートしたので、わずか一メートルそこそこしか浮上せず、少しごつんと地面に落ちた。二度目に試みた時は、同時に泳ぐように両手を補助に使った。今度は八十メートルは優に翔び、半円形さえ描いて、トンボのように軽やかに着地した。三回目を試みたいと思ったが、その時、氏に円錐形の光が当てられ、厳しい声が詰問した——「ここでなにをしてるんだ？」それはパトロール中の警官だった。

トムシーク氏はぎょっとなり、へどもどしながら、ここでトレーニングをしているのだ、と答えた。「それじゃ聞けよ、トレーニングしたいんだったら、どこかよそへ行ってやれ」警官は命令した。「だが、ここではだめだ」トムシーク氏は、なぜよそでならトレーニングができてここではだめなのか、ちょっと理解できなかった。だが、氏は従順な人だったので、警官に「おやすみなさい」と挨拶し、急いでその場を去った。だしぬけに体を宙に浮かせたりしたら、と恐怖で一杯だった。そんなことをしたら警察に嫌疑をかけられるだろう。国立保険研究所の下まで来てからやっと、改めて空中に跳び出し、軽々と鉄条網の柵の上を越え、両手の助けを借りて研究所の庭を翔び過ぎ、反対側のコルニー大通りまで行き、そこでビールを入れたジョッキを運んでいる女中さんの目の前すれすれに降下した。女中さんは悲鳴をあげ、一目散に逃げ出した。トムシーク氏は、この飛行を約二百メートルと判定した。手始めにしてはすばらしい、と氏には思えた。

それに続く日々、氏は熱心に飛行訓練をした。もちろん夜間で人気のない場所、とりわけオルシャニのユダヤ人墓地〔プラハ東部で、カフカの墓がある〕でだった。さまざまな飛行法を試みた。たとえば、助走付きの上昇や、その場からの垂直発進。ただ両足を振るだけで、やすやすと百メートル以上の高さに達した。だが、それ以上に昇る勇気はなかった。さらにさまざまな降下法、たとえば水泳式の着地とか、手の動きに頼る減速垂直降下を会得した。そしてまた、スピード制御、空中での方向転換、風に向かっての飛行、負荷飛行、必要に応じての上昇と下降、その他も学んだ。それはまったく容易だった。トムシーク氏は進むほど、人々がこれまでこんなことに到達しなかったことに、ますます驚いた。氏より前には、誰も単に足を踏み出して翔ぶことをやってみなかったのだろう。ある時は空中で十七分まる持ちこたえることさえあったが、それから電話線かなにかにからまって、降下することを選んだ。ある夜は、ロシア大通りで飛行を試みた。四メートルほどの高さで翔んでいると、眼下に二人の警官が見えた。そこで急いである館の庭園に方向転換したが、その時警官たちの呼笛の音が夜の闇を貫いて響いた。しばらくして氏がその場所に歩いて戻ると、懐中電灯を持った六人の警官が庭園の中を探し回っているのが見えた。泥棒が柵を乗り越えて侵入するのを見たので、どこにいるのか探していた、とのことである。

その時になって初めて、トムシーク氏は、翔ぶことが氏に今までになかった可能性を与えていることを意識した。しかしその可能性に相応することはなにも思い浮かばずにいた。ところがある晩、イジー・ズ・ロプコヴィッツ広場のある家の三階の窓が開いていて、氏の注意を引いた。氏は軽やかに一歩踏み出して空中に舞い上がり、その窓辺に身を置いたが、それ以上どうしたらよいか見当がつかなかった。部屋の中からは、誰かがぐっすり眠って大きな寝息を立てているのが聞こえた。部屋の中へ入り込んではみたものの、盗みをするつもりはなかったので、見知らぬアパートの部屋へ入った時にいつも心の中に起こる、あのいささか不安でぎこちない感じを抱えたまましばらく立ちつくした。トムシーク氏は、しばらくしてため息をつき、再び窓辺へ行った。だが、自分が来たという目印と、自分のスポーツ上の業績のなんらかの証拠を残すために、ポケットを探って紙切れを取り出し、それに鉛筆でこう書き付けた――「復讐者X参上!!」その紙を眠っている人のナイトテーブルの上に置き、氏は再び音を忍ばせて三階から下降した。家へ帰ってから、あの紙は氏の住所が書いてある封筒だったことに気がついた。しかし、もはやそれを取りに戻る勇気はなかった。数日の間、氏は警察が尋問に来るのではないかとひどくびくびくしていた。だが、不思議なことになにも起こらなかったのである。

しばらく時がたつと、トムシーク氏はもはや、空を翔ぶことを、自分の秘やかで孤独な娯楽にしておくことに耐えられなくなった。ただ、自分の発見を、いかにして公衆に伝達すべきかわからなかった。実際、それはとても容易なのだ——片足を踏み出し、両手で少し助けてやればそれで十分、もう鳥のように空を翔ぶことができる。そのことから、新しいスポーツだって生まれるかもしれない。あるいは、空中を歩行するようになれば、町の人通りを少なくすることもできる。エレベーターを設置する必要もなくなるだろう。それはまったく、大変な意味を持つ可能性がある——トムシーク氏には、どうなるか正確にはわからなかったが、事態はもう、勝手に自然と発展していくだろう。どんな発見でも、最初は無駄な遊びのように見えるものだ。

＊

トムシーク氏の住んでいる建物には、とても太っている若い隣人、ヴォイタという名前の人がいた。その人はたしか新聞社の仕事をしていた。そうだ、スポーツ欄かなにかの編集者だった。そこで、トムシーク氏はある日、そのヴォイタ氏のもとにおもむき、いろいろぐずぐず言った後で、ヴォイタ氏が興味を持つことをお見せできる、と突如として言い放った。肝心のことは秘密にしたままだったので、ヴォイタ氏は「この野郎」とかなんとか思うほどだった。にもかかわらず言うことを聞いて、夜の九時頃トムシーク氏とともにユダヤ人墓地に行った。

「では見てください、ヴォイタさん」トムシーク氏はそう言って、片足を地面から踏み出し、ほぼ五メートルの高さに舞い上がった。空中のその場所で、さまざまな曲芸を演じ、地面に向かって降りていき、改めて両手を泳がせながら上昇し、ついにはたっぷり八秒もの間空中に静止した。ヴォイタ氏はひどく熱心になり、トムシーク氏がどうやってそんなことをするのか確かめ始めた。トムシーク氏は、辛抱強く示してやった。ただ片足で踏み出すこと、もうそれだけでよい。いや、これには精神主義的なものはいっさいない。いや、これには高度な力はなにも、意志の力も、筋肉の苦痛さえも、なにも必要ない。ただ跳び出して飛行するだけでよい。「ご自分でやってみてください、ヴォイタさん」と催促したが、ヴォイタ氏は頭を捻った。これにはなにか特別なトリックがあるに違いない、と深く考え込んだ。だが、わたしがそれを突き止めてやる。トムシーク氏には、その間誰にもこれを見せるな、と言い聞かせた。

その次には、ヴォイタ氏の前でトムシーク氏が、五キロのダンベルを手にして翔ばねばならなかった。前ほどうまくいかず、わずか三メートルの高さにしか達しなかったが、ヴォイタ氏は満足した。三回目の飛翔の後で、ヴォイタ氏はこう言った——「じゃあトムシークさん、聞いてください。わたしはあんたを怖がらせたくないが、これはとっても重大なことだ。こんなふうに空を翔ぶことは、それ自体で大きな意味を持つだろう。たとえば国家の防衛だ、わかりますか？　これは専門家の手にゆだねなければなりません。わかりますね、トムシークさん、あんたは専門家たちにこれを示してやらなきゃなりません。わたしがお世話しますよ」

*

そんなわけで、ある日のこと、トランクス一枚だけのトムシーク氏が、国立体育研究所の中庭に立ち、四人の紳士の集団と対面することになった。自分の裸の状態がひどく恥ずかしくて、氏は物怖じし、ぞくぞくしてふるえていたが、ヴォイタ氏は許さなかった。トランクス姿でなければ、どんなふうにするのかなにも見えない、と言う。その紳士たちの一人、頑丈な体つきのはげ頭の男は、大学の体育の教授その人だった。この人は、完全に否定的な顔つきだった。科学的な見地からは、このこと全体が荒唐無稽だ、と顔に書いてあるのが読み取れた。腕時計をいらいらしながら眺めて、ぶつぶつ文句を言った。

「それではトムシークさん」ヴォイタ氏は声をふるわせて言った。「まず助走付きのやつを見せてください」

トムシーク氏はおそるおそる二歩走った。

「ちょっと待って！」専門家が氏をぎくっとさせた。「それは完全にまずいスタートだ。体の重心を左足に移さなきゃいかん、わかるかね？　もう一度やり直し！」

トムシーク氏は元に戻って、体重を左足に移そうと試みた。

「そして両手だ、あんた」専門家は氏に教えた。「手をどうやったらいいか知らないんだね。両腕をこう構えて、胸郭が自由に動くようにする。それに、一回目は助走の時に息を止めていたね。そんなことをしてはいかん。自由に深く呼吸しなきゃ。ではもう一度！」

トムシーク氏は混乱した。本当に手をどうするのか、どうやって呼吸するのか、なにもわからなかった。あやふやに足を踏みかえ、体の重心がどこにあるのかを探った。

「さあ、今だ！」ヴォイタ氏が叫んだ。

トムシーク氏は当惑しながら、体をひとゆすりして走り出した。まさに飛翔に踏み切ろうとした時、専門家が口を出した——「まずい！　もう一回待つんだ！」

トムシーク氏は止まろうとしたが、もうだめだった。力なく左足で踏み切り、一メートルほどの高さまで跳んだ。相手の言う通りにしたかったので、あわてて飛行を中止して地面に降り、そこで静止した。

「まったくまずい！」専門家は叫んだ。「あんたはひざを曲げて降りなきゃいかん！　つま先から着地し、ひざを曲げて弾力をつけなきゃ。そして跳ぶ時には両手を前に突き出すんだ、わかるね？　あんたの両手は惰力的な要因に支配されている状態だよ。それは自然な動きだ。ちょっと待って」専門家は言った。「どんなふうに跳ぶのか、教えてあげよう。わたしがどうするかよく見なさい」そう言うと、上着を脱ぎ捨てて、スタートの位置についた。「よく注意しなさい。重心は左足になる。足を縮めて、上体は前へ倒す。両肘は後方に保ち、胸郭を広げる。わたしのまねをして、やってみたまえ！」

トムシーク氏は専門家のまねをしてやってみた。生まれてからこの方、こんなに窮屈に体を曲げたことはない感じだった。

「練習しなきゃいけないね」専門家は言った。「さあ、よく見て！　左足を前に出して走り出す」――専門家は前に向かって走り出し、六歩駆けてから踏み切り、両腕できれいな輪を描いて跳躍した。それから上腕を突き出してひざを曲げ、優雅に着地した。「こんなふうにやるんだ」そう言ってズボンを少しずり上げた。「正確にわたしのまねをして、やってみなさい」

トムシーク氏はもの言いたげに、不幸そうな顔をしてヴォイタ氏の方を見た。本当にそうでなければならないのか？

「ではもう一度」ヴォイタ氏が言い、トムシーク氏は規定通りに身をかがめた。「さあ、今だ！」

トムシーク氏は両足をもたつかせた。左足を前にして走り出したが、たぶんそれは同じことだ。ひざをかがめて両手を前に突き出しさえすれば、と氏は走りながら心配になった。跳躍するのをすんでのところで忘れそうになった――あのひざかがめをやるんだ、氏の頭をそんな考えがかすめた。五十センチほどの高さまで跳び上がり、一メートル半翔んで地面に落ちた。それから急いでひざをかがめる姿勢をとり、両手を前へ突き出した。

「なんだい、トムシークさん！」ヴォイタ氏が叫んだ。「あんたは翔ばなかったじゃないか！　お願いだ、もう一度！」

トムシーク氏はもう一度走った。わずか一メートル四十センチしか翔ばなかったが、ひざをかがめ両手を前に突き出して着地した。汗が流れて心臓が口の外まで飛び出しそうな感じだった。神よ、連中がもうわたしに平安を与えてくれますように、氏はうちのめされながらそう願った。

その日はさらに二回跳んだ。それからみんなはあきらめざるをえなかった。

*

その日以来、トムシーク氏はもはや翔ぶことができなくなった。

（一九三八年）

# 匿名者

　さて想像なさってください、ヂヴィシュ氏は言った――わたしの身の上に起こったことを。そうです、もう何年もの間、わたしは匿名の手紙を受け取っています。それらの送り主は――文字、用紙、その他から考えると――およそ三人か四人です。二人はタイプライターで、二人は手書きです。その二人のうちの一人は、ひどく哀れな文字遣いで、まるっきり地下室の住人みたいな印象を与えます。それに対して、もう一人の方は、まさにきれいな文字で、絵のように丹念な手書きです――これは書き手にとってきつい仕事に違いありません。なぜその四人がわたしをじかに選んだのか、それはあなたにご説明できません。わたしは政治には介入しません、ただわが国のミルク産業とチーズ産業の需要と課題についての記事を新聞に書いているだけです。ご存じのように、なにかの点でほんの少しでも専門家であるなら、そのほんの少しでもわが国民を覚醒させるとともに、わが国の良識ある公衆に知識を与えるようなことをしなければならず、それはやむをえないことです。

そしてまた、わが国のチーズ工場改善のためのわたしの提案が、誰かの感情を傷つけようとは思いもよりませんでした。でも、なにが起こるかわかりません。わたしの別の匿名者は、古ぼけたレミントンのタイプライターで書いてきますが、その手紙がいつも教えてくれるのは、わたしが周知の通り馬鹿げた記事を書いて、一定の利害関係者たちから何百万もの稿料を支払われていること、わたしがあのユダ〔イエスを売って大金を得た〕のように汚れた金ですでに三つの大地所を買い、さらに血のにじむような金と引き換えに、わが国の人々がチフス菌入りの水で薄められたミルクを飲むようにたぶらかそうとしている、ということです。手書きの匿名者のうちのあの地下室の住人は、わたしの妻について、こんなにいやらしいことを書いています――でも、それは話さずにおきましょう。だが……時には人間の内部に、悪意や冷酷さと言えるものが存在する、ということにはぞっとします。たぶん、根はもっと善良なかわいい奥様がわたしたちのことを知っていて、自分の女中とか洗濯女にその手紙を口述筆記させているのでしょう。最後に、あのきれいな筆跡の匿名者が、脅迫口調でわたしに「あなた！・」と呼びかけ、判で押したように、もうミルクには関わるな、とわたしに要求します。そして言うことには、国民はほかにいろいろな心配事があり、国民の注意を物質主義的な汚泥に向けさせ、その理想を故意に破壊させるようなやつらは、処分に値するのだそうです。あなたは電柱に吊るされて処刑される最初の連中の仲間入りをする、と美しい筆跡の匿名者はわたしに宣言します。「それはあなたと同類の、あなたと結託した裏切り者や謀反者のやつらが、国民を巻き込もうとしている偽りと恥ずべき陰謀の仕組みを、わが大衆が点検総括する時だ、云々」。でも、そんなに気にしなくてもいいでしょう。おわかりのように匿名の手紙というものは、おおかた特別な「愛の秘書」とか「模範的な交信者」の手で書かれたかのように、大同小異です。わたしはむしろ、誰がその書き手か、ということの方に興味を持ちました。わたしの考えでは、それは誰か善意のお友達で、この手の込んだやり方で自分の個人的感情を注ぎ込み、わたしのなにかに対する復讐をしたがっている——なにに対してか、わたしにはまったく思い当たりませんでしたが。でも、まず間違いなく、それはわたしが知っているか、あるいはかつてなんらかの関係を持った誰かです。わたしは手紙を書くのがひどく嫌いなんです。だから、ふつうの人が便箋に向かって座り、誰かに手紙を書こうとするなんて、きっとよほど強い動機があるに違いない、と思います。

それから何年かたちました。この最後の興奮に満ちた時期に、手紙の数と激しさは著しく増加しました。あの戦闘的な肉屋か誰かは、わたしのことを「おまえ呼ばわり」し始め、

「この太った豚め、おまえをばらすためにおれはもう研ぎ澄ましたナイフを用意しているぞ」などと書いてきました。レミントンを使っている男は、「浄化連盟」に加入し、わたしの所有する大地所を手放すように、とわたしに忠告しました――わたしは、土に関する限り、窓の外のゼラニウムを植えた箱の中の土しか持っていないというのに――なぜなら、勤労大衆はすでにわたしのような社会の寄生虫たちに最終判決を下したからだそうです。わたしの妻についての、あの文盲的な手紙は、さらに野蛮なものになっていました。そしてきれいな筆跡の匿名者は、起こった事件のすべてに対して、わたしに責任があるとして、こんな言葉で文章を結んでいました――「さっさと国外に消えろ、このろくでなしめ、手遅れにならぬうちに！　今回のわたしの署名は「激しき怒り」だ」もちろん、その手紙にはもっと多くのことが書かれていましたが、そんな精力的な文体でした。わたしの考えでは、興奮の時代は大衆がなにか書きたくなる書狂熱《グラフォマニア》と表白の必要性を高めます。ただ、一つだけ不思議に思ったのですが、なんでわたしのように退屈な常連の筆者が、これほど誰かの熱烈な関心を呼び起こすのでしょうか。どうもその背後には、ひどく個人的ななにかがあるに違いない――たとえば、わたしが誰かを傷つけたとか、誰かの邪魔をしているとか――自分の知人たちのことを、もっと多く知ってさえいれば！　ただご承知の通り、互いに握手している相手を、いささかでも不信の念を持って見るというのはちょっぴり悲しいことです――わが友よ、きみも結局はそんなわたしの敵ではないのか？

さて先日の夕方、わたしは一時間ばかり町の通りをあちこち散歩しに出かけました。すべてを頭の中から追い出して、歴史を感じなかった時代はいつもそうだったように、人々が全体的にどのように生活しているかをひたすら見ていました。その通りがなんという名なのか、それさえも知らずに――とても静かな、グレボフカの近くのどこかです。わたしの前を、ケープをまとった小柄な男が、軽く足をひきずって歩いていました――猛烈な風邪をひいているらしく、その証拠にひどく咳をし、痰を吐き、しょっちゅうポケットを探ってハンケチを出していました。そのうちポケットを探った拍子に、ポケットから封筒が落ちました。男はそれに気づかず、さらに歩を進めました。わたしは封筒を拾い上げ、それを持ってかれを追いかける価値があるかどうか、封筒を眺めました。するとなんと、その表面にあったのは、わたしの宛名でした。そしてそれは、わたしの四番目の匿名者の、あの手の込んだ絵画的な筆跡で書かれていたのです。

そこでわたしは、足を速めて呼びかけました――「もし、あなた、これはあなたの手紙じゃありませんか？」

ケープをまとった男は立ち止まり、ポケットの中を探ります。「見せてもらえますか？ああ、それはわたしの手紙だ。本当にありがとう、どうもありがとうございます」

あなた、わたしはもう、まるで雷にでも打たれたかのように立ちつくしました。おわかりでしょう、わたしは人の顔は覚えている方ですが、この男はこれまで見たこともありませんでした。まるで骨董品みたいで、暗く汚れた襟、裾の傷んだズボン、ネクタイの位置がゆがんだ結び目、まさに貧困そのものでした。首から飛び出したのど仏、涙ぐんだ両目、頬にできた脂肪の瘤、さらにおまけとして片方の足がどこか悪い——「どうもありがとうございます」その人は印象的な丁寧さで礼を言い、昔風に帽子を脱いで深くお辞儀をしました。「大変ご親切様でした」そしてもう一度帽子を振り、ある種の特別な威厳を持ちながら、足を引きずって歩いていきました。

実のところ、わたしはその場に立ったまま、口をぽかんと開けてその人の後ろ姿を見ていました。それじゃ、この人がわたしに匿名で手紙をよこす人なんだ！　わたしが人生で会ったこともなく、なにも仕掛けたことのない誰かなのに。この人がわたしに手紙を書き、しかもそれを速達の導管ポスト[*1]で送ってくるんだ！　ああ神よ、どうしてわたしがこんな目に遭うんだろう——そしてどうしてこの人がこんなことをするようになるんだろう？　それまで、匿名の手紙はわけのわからぬ密かな敵の仕業だ、と考えていました。ところが――かわいそうに、実際、この貧しい人にとっては余分な金がかかるというのに！　わたしはその人の後を追って、一体誰なのか質問をぶつけたいと思いましたが、どういうわけかできませんでした。わたしは踵を返して、のろのろと帰途につきました。そうです、わたしは突然、その人が恐ろしく気の毒になりました。もし、手紙を出すのが楽しみだというのなら、とわたしは考えました――それでも、少なくともあの愚かな人が切手代を払わなくても済むとしたら！　かれに言うべきだったな。ねえ、きみ、わたしには切手代を払わずに手紙を送ってくれていいんだよ、と。あんなにたくさん、見事な絵文字を送ってくれて、しかもそんな出費をするなんて――。

その翌朝、わたしは導管ポストでその手紙を受け取りました。昨日、歩道に落ちた時に汚れたそのままで。手紙には恐ろしいことが書いてありました――おまえを壁の方に向けて立たせてやる〔「銃殺する」の意〕、アカシアの木に吊るしてやる、そのほかになにが書かれていたか、わたしにはわかりません。ただわたしは、このことで悲しくなるだけでした。おわかりでしょう、あの人はそんなにも哀れな人なんです。考えてみてください。あの貧しい人がどうやって食べていかなきゃならないのか、どんなにひどい、風変わりな人生に違いないか……。

（一九三八年）

## 訳注

＊1——小型郵便物を導管を通じて急送する、当時のシステム。

# インタヴュー

インタヴューだって？（指揮者のピラートはそう言って肩をすくめた）。こりゃ驚いた。あんたはあんなものを信用しているのかね。わたし自身もインタヴューは何回か経験しているけど、どうしても誰かのインタヴューを受けなきゃならないなら、その後にはそれを読まない方がいい。腹を立ててもなんにもならないから。実際に、そんなインタヴューに出てる自分のことを読むと、声を出して笑える時もあるが、それと同時にあの記者はこんなにいい加減にねじ曲げちゃったのか、と頭にくる。なんであれ、ずさんな仕事は、そうだと見抜いた時にはいらだたしいものだ。そうじゃないかね？　時には、あのジャーナリストはなぜ、わたしの言ったことすべてをこんなにひどく取り違えゆがめてしまうのか、と驚くほどだ。まるで故意にすべてを違えたり、正反対に書いているかのように思える——でもそれはなぜなのか、わたしには理解できない。もしわたしが政治家とか、それと同じくらい重要な人物ならいいだろう。それなら、その中には政治が含まれていて、そんな人たちは自分が言ったこともない言葉を誰かの口に押し込んでそれを言わせたり、対談をまるまるでっち上げたりすることに特別な関心を持っているようだから。それはざらにあることだ。しかしわたしは——どう言ったらよいか。わたしはなんでもない人間、わたしはただの音楽家にすぎない。わたしに反対する人は誰もいない、ただわが家の、つまりうちの人間は別だけど。それなのに、いまだにわたしのインタヴュー記事に、わたしが本当に語ったことの半分すら書き込まれたことはない。

そこで、インタヴューがどのように行なわれるのか、ご説明しよう。たとえば、わたしがリヴァプールとかパリで比較的大きなコンサートの指揮をすることになる——ご承知のように、マエストロのピラートが指揮する場合には、コンサート事務所までもが、そのことでて、い、い、い、んやわんやになる。ホテルに入ってまだ手も洗わぬうちに、もうフロントからの電話で、どなたか男の方がお話をしたいそうです、と告げられる。大事なお話だという。なんてこった、と独り言を言う。新聞だな！ ご承知のように、新聞があなたに興味を持つのは最初の一日だけだ。次の日には、あなたはもうニュースにならない。もし、まだあなたのことを書いてもらいたいなら、最低でも自動車に自分を轢かせる必要があるだろう。そう、その人をしばらく待たせる——それもなにかことの一部だ。それから、さて、どんなご用件ですか？　若い紳士は自己紹介し、親愛なるマエストロ、これこれの新聞であなたに関して数行の記事を掲載したいのですが、と言う——。

「なに、インタヴューですか？」わたしは言う。「わたしは原則として、どんなインタヴューにも応じません」

「いえいえ」若い紳士はあらがう。「ほんの二言か三言で、まったく無理のないお話をしてくだされば……」

あきらめて相手の言うことを聞く。「それでは、どうぞ始めてください」

若い紳士はメモ帳を取り出し、自分の歯を鉛筆で軽くたたいている。この人がわたしのことをなにも知らず、音楽が好きだというわけでもなく、わたしとなにを話したらいいのかさっぱりわからないということが一目瞭然だ。しばらくの間、あやふやにわたしの方を見て、それから口火を切る——「もしできましたらマエストロ、なにかご自身のことをお話しいただけませんか」

この言い方は通常わたしをかっとさせる。「わたしは自分のことなんかなにも知りません」と答える。「でも、音楽のことならお話の相手になれますよ、あなたがよければね」若い紳士は感謝するようにうなずき、熱心にそれを書き留める。「いつから楽器の演奏をお始めになったのですか、マエストロ？」書いた後で尋ねる。

「小さい頃から」わたしは言う。「ピアノです」

若い紳士は熱心に書いている。「どちらのお生まれですか？」

「マルショフです」

「それはどこにありますか？」

「チェコです」

「どこですか、すみませんが」

「チェコです。クルコノシェ〔チェコ東部の山岳地帯。チャペックの故郷に近い〕です」

「すみません、なんというんでしょうか？」

「クルコノシェ。ドイツ語名はリーゼンゲビルゲ」と説明してやる。「フランス語名モン・ジャン、英語名ジャイアント・マウンテンズ」

「なるほど」記者はそう言ってせわしげに書き付ける。「ご自分の子どもの頃のことを、なにか話していただけますか？　たとえば……お父上はどんな職業の方でしたか？」

「教師です。教会でオルガンの演奏をしていました。それがわたしにとって音楽というものの最初の印象でした」と語り、話を音楽の方へ持っていこうとする。「おわかりでしょう、そんな昔のチェコの田舎教師で、生まれながらの音楽家です――それはわが家の伝統なんですよ」などなど。若い紳士は書き留めながら満足したようにうなずいている。これはまさに、かれの担当するページが要求しているものだ。ブラヴォー、マエストロ！

ついにようやく相手を退出させて、ほっと一息つく。さあ、これでやっと済んだな。そう、わたしは外国のいろいろな町をあちこちぶらつくことが好きだ。そこではわたしを知っている人は誰もいないし……打ち明けてお話しするが、指揮をしていると、時には指揮棒をたたきつけてやりたい、と切に思うことがある。そんな恐怖や嫌悪がだしぬけにわたしを襲うのは、人々がわたしを見つめているからだ。自分の中にコメディアン的な気質がひとかけらもない人は、絶対に公衆の面前に出てはならない。それはまた別の話だが。

さて翌日の朝、当の新聞を手に取って読む。大きな活字の見出しで「マエストロ・ピラートとの対談」とある。いいだろう。「マエストロ・ピラートがわが社の記者を迎えたのはXホテルのデラックスなスイート・ルームだった」待てよ。わたしがあの若者と話をしたのは、たしかホテルのロビーだったじゃないか！

「その豪華でソフトとしか言いようのない雰囲気だけに、それといっそう著しい対照を示したのは、氏の巨人のようなごつい姿だった。かれは蓬々としたたてがみのような長髪と、全体的に不羈《ふき》奔放ななにかを備えていた」わたしの身長はせいぜい一メートル七十センチ、そして長髪に関しては——まあ、それはおいておこう。「かれはわれわれを並々ならぬ、まさに沸々たる歓待の心で迎えてくれた——」おやおや、こりゃはんぱじゃないな、とわたしは考える。

「かれは霜降りの蓬髪を指でかき分け、その浅黒い顔を曇らせ、そして語った——わたしの出自は秘密に包まれています。自分のことについて、多くは語れません。わたしが知っているのは、ただ、わたしが生まれたのはワルシャワから遠くないハンガリーの国内で、荒涼とした巨大な山脈のふところだ、ということです。わたしが生まれた場所では、上空に森がざわめき、滝が教会のオルガンのような音を轟かせていました。それがわたしの人生で最初に受けた音楽の印象です。打ち明けますとわたしの父は年老いたジプシーでした。何百人ものわが家の祖先と同じように、父は自然の中で暮らしました。わが家族の伝統は、密猟と自由、それにヴァイオリンとタンバリンの野性的な演奏です。今でもわたしは、時々自分と同郷の仲間たちのキャンプに姿を現し、火の傍らで自分の子供の頃の歌をヴァイオリンで奏でるのが好きです——」

なにをか言わんや。わたしは当の新聞の編集局に駆け込み、編集長を探し回る。その部屋で机を少しばかりたたきつけたかなにかしたと思う。だが、その紳士はやっと眼鏡をはずし、驚いたとばかりに言った。「でもあなた、われわれは新聞のために記事を書いてるんですよ！　われわれは事実を読者にアピールするように提供しなければなりません。そう思いませんか？　なぜあなたがお怒りになるのか、わたしには理解できません……」

今なら、もうわたしはそれほど腹を立てないだろう。人間は慣れてしまうものだ……そして、おそらくほかに仕方がないだろうな、と思う。きみはきみ自身の人生を生きよ。だが、きみについて他の人たちが持っている像は、すでに相当に実物と異なっている。きみのその像が、一人歩きして、勝手に公衆の間を歩き回らないうちは別だが！

もうわたしはあなたに言わない、そのインタヴューが、リヴァプールだったかロッテルダムだったか、あるいはどこだったかを。だがわたしが確信するところでは、そこのコンサートホールでわたしが指揮台に上がった時、聴衆全体がわたしの中に、ヴァイオリンを手にしてジプシーの火の上を飛び跳ねる、巨人にも似た不羈奔放な、蓬髪をなびかせた野生児の姿を、本当に見たのである――その時そこで、わたしはとてつもない夢のような大成功を収めたわけだ。さあそこで、正直わたしにはわからないのだが、あの新聞記者の若者は、実際になにか真実をつかんでいたのではないか……そう、少なくとも、一般人や世間にとって真実であるなにかを。

（一九三八年）

# 十センターヴォ玉[*1]

とんでもない、それはわが国でのことじゃなかった。わが国では、そんなに書きたてる新聞はないし、それにまた、世論や人々や街路その他もろもろが、こんなに容易に裏表ひっくり返りはしない。所はリスボンで、数多い政治的クーデターの一つがあった時のことだった。一つの体制が倒れ、別の体制が支配権を握る。それはまた、ついには他の国々でも起こるのと同様だ。セニョール・マノエル・ヴァルガは、そのことをあまり気にしていなかった。政治はかれの関心ある分野ではなかったから。ただ穏やかに嘆いて、この不安な状態にため息をついた。それが人間の思考を支配して、かれの意見によれば、より有用でより高貴な物事から関心をそらしてしまうのだ。

つまり、ドン・マノエルは安定と自分の仕事を愛していた。かれは民衆教育協会の会長で、教養こそ民族に福祉と自由への門を開くこと、勤労と知識の中にわれわれの救済その他類似のものが存在することを、石のごとく固く信じていた。その日の朝、モンサラスの通俗天文学コースと、モウラの町の乳児衛生学についての講義に関係する通信記事にメッセージを送ったばかりだったが、その時かれの面倒をみている家政婦が、目玉をぐるぐる回し、見るからに赤い興奮した顔をして、買い物から帰ってきた。

「ちょっと見てください。ここに置きますよ、旦那」家政婦はそう宣言して、テーブルの上に破れた夕刊を放り出した。「そしてわたしは、ここから出て行きますからね、旦那！わたしはちゃんとした女です。こんな所には勤めていられません！」

「一体なんだい、一体なんだい」ヴァルガ氏は驚いて、眼鏡越しにその新聞に目を走らせた。一瞬で目にとまった。第一面に、太い活字の見出しが見えた――「手を引け、セニョール・マノエル・ヴァルガ!!」セニョール・ヴァルガは自分の目が信じられなかった。「どこでこれを手に入れたんだね、きみ？」と叫んだ。

肉屋で、だそうだ。肉屋は彼女に新聞を示して、町のみんながこのことを話している、と言った。これはこのまま放ってはおけない、ドン・ヴァルガのようなあんな腐った裏切り者、犬畜生めは、これ以上わが町に住まわせてはいけない、とみんなが言っている。

「『みんな』って誰のことだ？」ヴァルガ氏はわけがわからずに尋ねた。

「「みんな」ってみんなですよ、奥さんたち、女中さんたち、肉屋とパン屋――わたしはもう、ここにはいられませんよ」彼女は怒りの涙を流しながら泣きわめいた。「でも、町の人たちがここへ焼き討ちに来ますよ――みんなの言う通りです！　その新聞の中で、誰がなにをしてるか、なにが隠されているか……そんな人に忠実に仕えるなんて！」

「お願いだ、今はわたしを放っておいてくれ」ドン・マノエルは気落ちしながら言った。「もし出て行きたいなら、わたしはきみを引き止めはしないよ」

さてやっと、新聞になにが出ているのか目を通すことができた。「手を引け、セニョール・マノエル・ヴァルガ!!」それは別人のヴァルガのことじゃないかな、かれは一瞬ほっとした気分になり、さらに読み進めた。だが違う、それはまさに自分のことにほかならなかった。

「民衆はすでにあなたの「民衆教育」活動との関わりを清算することにしているのだ、ヴァルガ氏よ、あなたはその活動を通じて、過去何年にもわたり、わが民族の魂を毒してきた！　民衆はあなたの腐った、よそ者的な教育には我慢ができない。その教育は、民衆の内部にただ、道徳的破壊、優柔不断、そして内部的分裂をまき散らしているだけだ。そして、あなたがまだ、有用な知識だという口実を構えて、自分の破壊活動的な意見を、若者たちや素朴な民衆の間に広めようとするなら、許しておくわけにはいかない――」

マノエル・ヴァルガ氏は新聞を置き、悲しい気分になった。ともかく氏には理解できなかった——通俗天文学とか乳児衛生学のなにが破壊活動的なんだろうか、そんなことは考えてみたこともなかったのに。ただ教育を信じていただけだし、民衆を愛していた——ただそれだけだ。あんなに多くの人たちが協会の講義に通っていたじゃないか。それなのに今になって新聞が、民衆はそれに我慢ができない、とか嫌悪を持って拒否する、とか書き立てるとは。ヴァルガ氏は頭を振り、さらに読み進めようと努力した。「もし当局が、あなたの暴挙を阻止しないなら、わが目覚めたる民衆が自ら秩序を樹立するであろう。そしてその後どうなるか、注意せよ、マノエル・ヴァルガ氏よ!」

セニョール・マノエル・ヴァルガは、新聞を丹念にたたみ、しわを伸ばした。なら、これでおしまいだ、と呟いた。まだ納得いかなかったが、世の中と民衆はなんでこんなにいっぺんに変わってしまうんだろう、そしてなぜ、昨日は良かったものが、今日は手のひらを返したように害となり破壊的だとされるのか。しかしもっと理解できなかったのは、民衆の間のこれだけの憎しみが、晴天の霹靂のごとく一体どこで生じたのか、ということだった。天にまします神よ、これだけの憎しみが! 老いたドン・マノエルは頭を振り、窓越しに外を、郊外のサン・ジョアン地区を眺めた。いつもと変わらず、そこは気持ちよく愛らしかった。

子供たちの陽気な叫びと犬のほえる声が聞こえた——ヴァルガ氏は眼鏡をはずし、ゆっくりと拭き清めた。これだけの憎しみが、神様！　ただ民衆にとってはどれだけのものだろうか！　一晩たてば、すべてが変わるだろう。あの家政婦も、だ。あれだけの年数、ここにいたんだから……ヴァルガ氏は、自分のやもめ生活を愁いに満ちて想い起こした。亡くなった妻が、もし生きていたなら——妻は変わらずにいてくれただろうか？

セニョール・マノエル・ヴァルガは、ため息をついて、電話機を手に取った。旧友のデ・ソウサを呼び出そう、氏は呟いた。たぶん相談相手になってくれるだろう——。

「ハロー、ヴァルガです」

しばらく沈黙があった。「ソウサです。なにか用ですか？」

ヴァルガ氏はいささかたじろいだ。「ただ……尋ねたいんだ。あの記事を読んだ？」

「読んだよ」

「すまないけど……この件で、ぼくはどうしたらいいんだろう？」

相手は少しためらった。「なにも言えないね。自分で気がつかなきゃいけないよ、そう……情勢が変わったんだってこと、そうだろう？　うん、そうだ。それなりに対処してくれ」ガチャン。

ヴァルガ氏は受話器の置き場所すら見つけられなかった。一番の親友でさえこの始末だ。すべてがこんなふうに変われるなんて！　それなりに対処してくれ――だがどうやって？　誰かに憎まれていることに、どうやって対処したらいいんだ？　自分の方でも憎み始めるべきとか？　どうやって憎しみに対処したらいいんだろう。一生の間、愛することを学んできたのに……。

そうだ、それなりに対処しなければならない――形式だけでも。ドン・マノエルは決心した。そして机の前に座り、民衆教育協会会長としての自分の職務内容を、丹念に書き上げた。諸情勢の変化を考慮して、などなど。それからヴァルガ氏はほっと一息つき、帽子を手に取った。前もって事態を処理するために、書き上げた文書を届けに行くのだ。

氏は郊外の小さな通りを、あたりの家々が氏を前とは違う目で、ほとんど敵意を込めて見ているのを感じながら歩いていく――これもたぶん、諸情勢の変化によるんだろうな。隣人たちは、あれが例のヴァルガだ、民族の魂を毒するやつだ、と口々に噂してるだろう。誰かがこの間に氏の家の門にペンキを塗りたくったとしても――不思議ではないだろう。ヴァルガ氏は足を速めたが、これも諸情勢の変化を考慮してのことである。どこか別の所へ引っ越さなければならないだろうな、氏は考える。あのボロ家を売って、それから……要するに、それなりに対処するんだ、そうだろう？

ヴァルガ氏は市電に乗り込み、隅の席に座り込んだ。二、三人の人たちがちょうどあの新聞を読んでいる。手を引け、セニョール・マノエル・ヴァルガ！　あの人たちがもしわたしに気づいたら、とドン・マノエルは考える――あの暗い顔の男がわたしを指差すかもしれない――あいつが見えるか？　あいつがあのヴァルガだ、破壊活動をけしかけているやつだ！　恥ずかしげもなく、まだみんなの仲間面をして歩き回ってやがる！――わたしは市電から降りなきゃならないかもしれない、とヴァルガ氏はとつおいつ考えた。背後に敵意に満ちた人々の眼を感じながら――ああ、キリスト様、人々の眼がどんなに憎しみを伝えるものか！

「切符をどうぞ」頭の上で車掌の声がした。ヴァルガ氏は飛び上がらんばかりに驚き、ポケットの中から一握りの小銭を取り出した。そのはずみで、手の中から十センターヴォの小銭がこぼれて、車内のベンチの下に転がり込んだ。

車掌はその小銭のあとを目で追う。「おかまいなく」ヴァルガ氏は急いで言い、手の中の小銭を数える。ともかく注意を引き起こしたくない。

暗い顔をした男は新聞を置き、ベンチの下の小銭を探そうと身をかがめる。「本当にあなた、そんな価値はありませんから」ドン・マノエルは、ほとんど苦にしているような調子で、その男に保証した。

男はなにかぶつぶつ言って、ベンチの下の小銭を探そうと床に這いつくばった。ほかの乗客たちは、興味と理解を示しながら男を目で追っている。「この辺に落ちたと思うよ」別の男がもぐもぐ言って、探そうとしゃがみ込んだ。ヴァルガ氏はまるで針のむしろにいる気分になる。「ありがとう……あ、ありがとう」口ごもりながら言う。「でも、本当にそんな必要はないのに――」

「あそこにあるぞ」ベンチの下に頭を突っ込んでいる二番目の男が大声で言う。「でも羽目板の間だ、隙間の中だ！　ナイフを持ってませんか？」

「持ってません」ドン・マノエルはあやまるように言う。「でも、どうか……本当にもうそんなに苦労してくださるほどのことじゃない――」

三番目の紳士は新聞を置き、無言でポケットの中を探る。革のケースを取り出し、その中から銀のペンナイフを引き抜く。「見せてくれ」二番目の男に話しかける。「わたしが外へ出してやろう」

市電の中の全員が緊張し期待に満ちて、三番目の紳士が羽目板の隙間をペンナイフでほじくる様子を見守っている。「さあうまくいったぞ」とかれは満足げに言ったが、そのとたんに小銭が跳び出し、ころころとさらにころがった。四番目の人が体をかがめ、ベンチの下を探る。「ここにあるよ」誇らし気に言い、ふんばったために顔を赤くして立ち上がる。「さあどうぞ」荒い息づかいで言い、その小銭をヴァルガ氏に渡す。

「ありがとう……ありがとうございます」セニョール・マノエル・ヴァルガは、感動のあまり声を詰まらせた。「本当にご親切にありがとうございます、みなさんも」氏は付け加え、腰をかがめて四方に丁寧に礼を述べた。「なんでもないですよ」三番目の紳士がぼそっと言い、「どういたしまして」と二番目が答え、「見つかりさえすれば、ね」と最初の男が付け加える。

市電の中の人たちは、互いにほほえみ、うなずき合う。あの小銭が見つかりさえすれば万歳だ！　セニョール・マノエル・ヴァルガはあんなに注目を集めたことに当惑して顔を赤らめながら、座ったままでまばたきもせずにいる。だがしかし、三番目の紳士、あのペンナイフの持ち主が、新聞を取り上げてあの記事を読み始めるのが目に入る――手を引け、セニョール・マノエル・ヴァルガ！

ヴァルガ氏が市電を降りる時、市電の中の人たちは、氏に向かって友情を込めて手を振った。新聞を読んでいる人たちさえも、新聞から目を上げて呟いた――「アディオス、セニョール！」

（一九三八年）

**訳注**

＊1――ポルトガルの旧通貨。スクィードの十分の一。

# II　遺稿（年代不詳）から

# エジプトのヨゼフ[*1]——またはフロイト[*2]流の夢の解釈について

……そこでファラオは遣いをやって、ヨゼフを召還した。人々は急いでヨゼフを牢屋から出した。ヨゼフはひげを剃り、衣服を改めてファラオのもとに出向いた。

そしてファラオはヨゼフに言った——わたしは夢を見たのだが、その夢を解くものは誰もいなかった。そしておまえのことを耳にしたのだが、おまえは夢の話を聞けば、その夢を解くことができるそうだな。

ヨゼフはファラオに答えた——それはわたしの仕事ではありません。神はファラオに幸せなことをお告げになるのです。

そこでファラオはヨゼフに言った——わたしは夢の中で、わたしが川の岸辺に立っているのを見た。

すると見よ、川の中から太った見栄えのする7頭の牝牛が現れ、泥地の草を食んだ。

すると見よ、それらの後から病んで非常に醜い、痩せさらばえた別の7頭の牝牛が現れた。そんなに醜い牝牛は、エジプト全土でも見たことがなかった。

そしてそれらの痩せさらばえた醜い牝牛たちが、最初の太った牝牛たちを食べてしまった。

そしてまた、わたしは夢の中で、そう、一本の茎からたわわに実った見事な7つの穂が生長したのを見た。

すると見よ、それらの後から小さく細い、東風に枯れかかった7つの穂が出てきた。そしてそれらの小さな7つの穂が、見事な7つの穂を呑み込んでしまった。わたしがこれらの夢を謎解きたちに語った時、わたしに説明してくれた者はなかった。

ヨゼフはファラオに答えた――ファラオの夢は同一です。神がなさろうとすることを、ファラオにお示しになるのです。

ご承知あれ、7という数字はあなたの性を意味するにほかならないのです。

そしてファラオは言った――おまえの言うことは、わたしにはわからぬ。

ヨゼフは答えた――7という数字は夢の中では男性を意味します。竿、茎、木、煙突、山、風、剣、馬、稲妻、空飛ぶ鳥、バッタ、鍵、ライオン、記念碑、鞭、机、根、数字の1、棍棒、男、僧侶、雄鶏、水鉄砲、杖、鋤《すき》、手、石、頭、衣服、ロープまたはひも、植物の固い茎、パイプ、鍬《くわ》、万力、その他もろもろのように。
同様に、女性は夢の中でこんなもので示されます。壺、ストーブ、窓、ドア、祭壇、数字の8、土地、白雲、墓、本、垣根、草花、指輪、鎖、馬、車、水槽、道、家、壜、草、川、庭園、子供、太鼓、果物、鞄、かまど、パピルス、月、森または林、手袋、茂み、その他類似のすべてのもの。そういうわけです。
そしてファラオは言った――二日前にわたしが見た夢では子供が太鼓をたたいていた。
ヨゼフは答えた――その夢の意味は、あなたの魂が、もはやあなたが父親にはなれぬのではないか、と心配しているということです。
そしてファラオは言った――わたしは山のように子供を作った。なぜ心配するのか？
ヨゼフは答えた――ご覧なさい、それはあなたの目の前で、心の奥深く潜んでいるのです。
そこでファラオはヨゼフに言った――しかしおまえは、7頭の牛がなにを意味するか、わたしに言わなかったな。
そしてヨゼフは言った――数字の7はあなたの欲望以外は意味しません。それから牝牛は女性を意味します。そこで最初の7頭の牝牛は、あなたが太った見栄えのする女性を愛することを語っています。

そしてファラオは語った——神に感謝せよ、たしかに、太った見栄えのする女性だ。だが、なぜ牝牛の姿になってわたしの前に現れるのか？

そしてヨゼフはファラオに言った——あなたの魂の中に、ソドムの人たちのような獣姦者の醜悪な本性が潜んでいるからです。あなたは女性を受け入れながら、心密かにこれは牝牛だと想像しているからです。

そしてファラオは叫んだ——去れ、イスラエル人よ。そんな卑しいことが、わたしの考えに浮かんだことはないぞ。

（そしてヨゼフは言った）——あなたの心の中に潜んでいるのです。

そしてファラオはヨゼフに言った——おまえは、太った7頭の牝牛を食べてしまった痩せた7頭の牝牛がなにを意味するか、わたしに言わなかったな。

ここでヨゼフは答えて言った——痩せた7頭の牝牛は、新しい欲望を意味します。その欲望が、あなたの心の中で太った見栄えのする女性に対する欲望を食い尽くし始めています。あなたの最初の欲望を投げ棄て、破壊して、痩せた目立たぬ女性を愛するようになるために。

それからその女性は醜いのです。あなたはエジプト全土でそれ以上醜い女性を見たことがなかった。その理由は、あなたの魂が、あなたのしたいと思うことを恐れているからです。

というのも、あなたの欲求は醜いものだから。あなたの欲求は近親相姦的で罪深く、エジプト全土でこれより悪いものはないのだから。ご覧なさい、あなたの未成年の妹、あるいはあなた自身の娘、あなたの兄弟姉妹の娘、成長しきっていない子供が、あなたの心に欲望の炎をかき立てているのです。

ファラオは跳び上がって叫んだ――なんと恐ろしい言葉だ。おまえの言っているようなことが、わたしの心に浮かんだことはないぞ。

わたしの娘たちをわが腕に抱えて育て、兄弟姉妹の子供たちに贈り物を与えてきた。一族の父親としての役割を果たし、子供たちを傷つけたこともない。

そしてヨゼフは答えた――あなたは自分の欲望のために娘たちを腕に抱えて育て、子供たちに贈り物を与えてきたのです。あなたの考えの中に隠されていたものに、子供たちを向けようとして。

しかしそれは秘密にされており、夢の中で現れます。絵や語りの中に密かに現れるのです。

一本の茎から生えるたわわに実った7つの穂は、つまりあなたの性が求める女性、あなたの娘であり、その女性をあなたは自分のものにしたいのです。

だが、そこに生じてくるのが、細い、東風によって枯れかかっている穂です。穂を枯れさす風は男性で、東はあなたを生んだ父親を意味します。

東風によって枯れかかっている穂は、弱々しく年老いたあなたの母です。そしてほら、あなたの欲望は母の姿を眺め、あなたは自分の娘を投げ棄て、自分の母を自分の側に抱きしめようとする。こうしたことがあなたの夢の中に描かれており、あなたの考えの中に、考えの深みに、われわれイスラエル人が潜在意識と呼ぶものが含まれているのです。

潜在意識とは、あなたには決して知られていないもので、あなたがおっしゃったように、心の中には決して浮かんでこないものです。そして逆に、あなたの心の中にこれまで浮かんでこなかったものは、まさにそれ故にあなたの潜在意識の中にあります。そしてそこには、近親相姦、父親殺し、ソドミー、スペルマの持つ醜悪さ、ロトの罪〔旧約聖書創世記第十三章参照〕、エディプス・コンプレックス、そしてゴモラ、バビロン、カルデアの各地、さらにエジプトの諸民族のあらゆる種類の卑しさがあり、それらはあなたの心には決して浮かんでこなかったのです。

そこで、夢とはあなたのさまざまな欲望が溢れ出たものにほかなりません。それらの欲望を、あなたは潜在意識の中に投げ込み、押し込めていたのです。

さらに、あなたにお話ししましょう。果物をもぎ取る夢を見るなら、それは姦淫を行なうことを意味します。果物をナイフで切り分ける夢を見るなら人殺しをするのです。果物の夢は全然見ないとしても、馬や流れる水を夢に見る、それは小さからぬ残虐行為のことです。同様に庭園を散歩するとか、コートを着るなどの夢を見るとしたら、それは致命的な犯罪についての夢です！

そしてファラオは言った——どうか教えてくれ、そんな目に遭わぬように、わたしはなにをしたらよいのだろう？　なぜならこれから先、眠りについてそんな夢を見るのが怖いのだ。

そこでヨゼフはファラオに言った——いいですか、あなたはなにもすることができません。そうです、あなたが潜在意識に命令できることを、潜在意識があなたに命令しますか？　潜在意識の中には、これまであなたが犯すことのなかったあらゆる悪事が存在するのです。その中には、自然と神の法に反するあらゆるものが存在します。で、あなたがちゃんとした秩序にかなうことを考えるとしたら、それはただ、清らかならざることを考えないようにするためにそうしているだけです。そういうことなのです。

あなたとあなたの近しい人たちが知っているあなたの生活は、ただ、あなたの中に隠されている赤裸々な恥ずべき本性に、それらを包む衣をまとわせているだけです。しかし夢の中では（そのすべてが）具現します。

それ故に、神の愛によって夢を解くすべを知る者は賢明なのです。

そしてファラオはヨゼフに言った――どうかそれをわたしに教えてくれ。誓って言うが、わが妻がライオンや、果ては鍵の束を夢に見るようだったら、自分の妻といえども犬どもに投げ与えてやる。

そしてわが娘たちが杖、植物の固い茎、男、または数字の7と似通うものをなんであろうと夢に見るようだったら、娘たちを罰してやる。

そしてわが息子たちが、ドアを通って父の家に入ってくる夢を見たなら、息子たちを亡き者にしてやる。

なんとなれば、それらの夢は恐ろしく、危険なものだから。

神がおまえにそのすべてを知らしめたのは、おまえほど物の道理を知り、賢明な者は誰もいないからなのだ。

**訳注**

＊1――古代イスラエルの族長ヤコブの子。夢解きの才能をファラオ（王）に認められ、後にエジ

プトの宰相となる。夢解きの話は旧約聖書創世記第四十章参照。

＊2——フロイト、ジーグムント（一八五六—一九三九）。ユダヤ系オーストリア人の精神科医。精神分析の創始者。

# 空想について

ある日、靴屋が家へ帰る途中、新築中の建物のあたりを通りがかると、子どもたちが砂の山の上で遊んでいるのが見えた。そこでかれも積んである梁の上に腰かけて日向ぼっこをし、子どもたちの遊ぶのを見ていた。

子どもたちが作っているのは、堀と塀に囲まれたお城で、ほんのちび助が一人、帽子に水を入れて堀に運んでいた。このようにして、軍事的建築物が、つまり、シーザー時代の素朴な陣営と中世の城郭との中間物が生じた。あとになって、列車が通り抜けられるように、塀にトンネルを穿つ必要が生じた。列車は轟音を立て汽笛を鳴らし、枕木の上を走って砦の中へと入っていった。そこには駅があった。乗客たちは列車を降り、遠慮なしにシーザーの塁壁を踏み荒らした。かつて知られざる無人の地域に、みながこんなふうに身を置いていた時、あたたかい砂で丸い黒人風の掘っ立て小屋を建てる必要があった。そのやり方は、まず地面に握り拳を据えて、その上から砂をかけるのである。それから拳を抜くと、そこにテント小屋ができるのだ。誰かがそれを壊そうものなら、それは悲劇だ。歯と爪《デンテ・エト・ウンキブス》で、死に物狂いで自分の家を守るだろう。

そのちびたちの一人に付き添っていた子守の娘が、靴屋の隣に腰をおろして、話しかけた。

「昨日はその砂で丸パンを作って焼いたのよ。それからいつかは、小麦粉や砂糖みたいに目方をはかって売ってたわ」

「それはまさに」靴屋は言った。「空想と言えると思うね」

娘は自分の刺繍をじっと見て、それから言った。「空想って、物事や人物を本当とは違うものとして見ることでしょう」

「やれやれ」靴屋はとがめるように言った。「あんたがそう言うのは、誰かに幻滅させられたからだね。いいかね。夜雨が降ったから、今日は砂でトンネルや城を作れる。でも明日は砂が乾くだろうから、もうなにも砂では作れない。あんたはどう思う――子どもたちは砂に幻滅し、砂はなんの役にも立たない、と言うだろうか？　あるいは、砂は小麦粉や砂糖のように目方をはかって売るのに向いていることを発見するだろうか？　幻滅、それはただ空想が足りないということだ。空想はどうすればよいか心得ているよ。待てよ、どう言ったらいいんだろう？　空想とは、物事が実際にはそうでない状態ではなく、そうありうる状態を想像することだ。あるいは、物事から作り出しうるなにかを、だ。見てごらん、あんなちびが、砂から建物を作ろう、なんてアイディアを持ってる。そしてわたし、この愚か者は、砂の山に沿って歩きながら、そんなアイディアに辿り着くことはない。なあ娘さん、わたしとあんた、わたしたちはただ砂を踏んで回っているだけだ。だが、もし人が恋するようになったら、たとえば砂の上に文字を書くことを発見するだろう。そういうことだ」

娘は両手をひざに置いた。なにかを思い出したのだ。

「こんな小僧っ子が」靴屋は続けた。「機関車の運転手や戦士や旅行者や、そのほかのなにかになれる、と想像する能力を持っている。娘さんよ、その通りだ。あの子の空想のすべては、あの子の心の中で、それらの可能性のすべてがまだ押し殺されていないことにある。娘さんよ、あんたも時には、なにになれるだろうかと空想するだろう。でも、あんたは大人になっていて、その結果、利己的だから、もうなにになりたいかということしか考えない……利己的なことほど空想を制限するものはない」

娘はちょっぴり腹を立てた。「あなたは、わたしが利己的だと言うんですか？」

「そう、たしかに。そして不幸だ。あんたは自分が金持ちになれるだろう、そうなれば粗野で不親切な人たちに仕えなくてもよい、と自分に言い聞かせている。自分は誇り高い美しい奥さんになって、誰にもけちをつけられぬようになれる、と思っている。だが娘さんよ、本当にそうなれるかどうかわかるかい？　なれるかもしれない。あんたは七人の子どもの母親にもなれるだろう。さもなきゃ新聞の配達員に。または売春婦に。でもそんなことはもう想像しない。自分の気に入らないから、ね？　ちょっと身の回りを見てごらん、みんなあんたのなれるものばかりだ。石灰をかき回しているおばあさん。ここには女中さん。あそこにいる意地悪で汚れた身なりのやつれた女性。実際に、あんたが子守の娘さんなのは単なる偶然だ。あんたはそんなにも多くの違った人間になれる……そこでわたしは考えるのだが、なぜみんなは、人生の成り行き上の愚かしくささやかな偶然の中に、そんなにも絶望的に閉じ込められているのか、と。自分がなれるであろうすべてのものの中で、ただ偶然にすぎないもの、それに加えてなりたいものだけ、そんな一つまみのものしか経験していない。恐ろしいことだと思わないかね？」

娘は肩をすくめた。「わたしにはわからないわ」と言った。「わたしたちは、ただ自分自身の人生以外には経験できないもの」

「わたしにはわかる」靴屋は言った。「だが言ってみれば、あの人たち、あのほかの人たちは、それぞれの人生をわたしたちのために生きているのだ、わかるかい？　わたしがなれるもの、それはほかの誰かがなっているものだ。人はすべての人たちを、自分自身の第二の可能性として見ることができる。娘さん、試してごらん。ほかの人たちが、あんたにとってどれだけ興味深いか見ることだ」

「それはどういうこと？」娘は反発した。「ほかの誰かが自分のために食べているケーキを、誰も食べやしないわ」

「食べやしない」靴屋は言った。「だが、みんながもっと空想する力を持っているなら、そのケーキを分けてやった方がいいと思いつくだろう。子どもを理解したければ、子どもにならなきゃならない。貧しい人たちを理解するためには、自分の中に貧しさを持たなきゃならない。見てごらん、娘さん、あの小僧っ子は実際は大勢の大人なんだ。あの子の中には、技師、兵士、建築家、その他わたしにわからぬさまざまな者がいる。そして成人すると、その集団の中から一人の人間だけが残る。ああ神よ、ほかの人たちはどこへ行ってしまったんだろうか？　どこへ行こうと、かれらはちゃんとなにかに納められている。でも気をつけてほしい、時にはまだ完全に死んでしまったわけではないのだから……」

# 馬子にも衣装

元靴屋の庭の垣根の所で、小さな娘の手を引いた男が立ち止まり、こう言った――「ほらマーニチカ、お花だよ」それから付け加えた。「こんにちは。いいお天気ですね」

ペパーミントを間引きしていた太った男は、頭を上げもせずぼそっと言った。「こんにちは」

「いつも見てますよ」垣根の向こうの男はおしゃべりな調子で言った。「お宅の庭のものがよく育っているのを」

庭仕事をしていた太った男は立ち上がり、背を伸ばした。「育ってる」とかれは言った……「そう、どこかであなたを見知っているような気がするが……いや、わたしはあなたを誰かと間違えてるかな」

垣根の向こうの男は、にこっと歯を見せた。「わたしはあの警官ですよ、あなたの家のこのあたりを毎日回っています。今日は非番なので――」

「これはこれは」太った庭師の男は驚いた。「よく見せてください、あなたがその平服でいるとわかりませんなあ。お巡りさん、今はまったく別人ですね。制服だと、あなたはとても気むずかしい大男だが――」

「それは服装のせいですよ」警官は言った。

太った男は首を振った。「それにあなたはまったく別の声になってる。ほかの時には――あなたはみんなに、ただがみがみ言ってるだけだ。文句を言うな、決まりを守るにはどうするんだ、なんて。そしていつも、まるで柱みたいな格好で歩いている。そんな時だったらわたしにはすぐ見分けがつきましたよ、お巡りさん」

「わたしの妻もそう言ってます」警官は述べた。「平服を着てると、わたしは妻にそんなに文句を言わないそうです、まったく。ご承知の通り、サーベルと制服を身につけてないと、まったく違う感じになるんですよ」

「その方が軽い感じでしょう」太った男が意見を述べた。

「その方が軽い……そしてとても妙な感じです。まるで人間が変わるようだ」

「ちょっと」太った庭師が言った。「あなたのそのおちびさん、この庭で苺を摘んでもいいですよ。どう？」

「そりゃどうも」警官は言った。「マーニチカにはこの上なしです」

そして、二人の男がベンチに座った時、警官は言った。「うちには警察の長官がいますが、ばかでかい犬みたいな厳しい男です。でも、水泳場で水着姿のかれに出くわすと、まったく違った人間です。水着姿じゃとても紳士にはなれない。この場合恰幅のいい人ほどそれにあてはまります、そうでしょう？」

太った男は考え深くうなずいた。「そうだね、お巡りさん。だから王様たちは金襴ずくめで王冠をかぶっていたんだ――」

「それによってほかの連中に影響を与えるために」

「それによって自分自身に影響を与えるために。たとえばあなたは、自分が人々に文句を言えるように制服を着なきゃならない。そして王様は王冠をかぶらなきゃならなかった――人民のためだけではなく、かれ自身のために。もし王様にエプロンをかけさせたら、ねえあなた、王様らしくするのは難しいだろうな」

「人は衣装次第、馬子にも衣装、と言うからね」警官は言った。

「そういうわけだ」太った男は語った。「たとえば、落ち着いた保守的な人間が、いつも同じスーツや靴をしつらえる——なぜだ？　それは、スーツを変えることは、性格や意見を変えるようなもので、ほとんど——別の人間になることだから。だから罪人は僧侶の衣装を着たんだ、自分が新しい人間になるために。聞くところによれば、俳優が本当に物乞いとか騎士を演じることができるのは、物乞いのぼろを着たり、騎士の甲冑をまとったりするその時だけだ。それにふさわしい衣装がない限り、うまくいかないそうです」

「わたしは」警官は言った。「物乞いを一人知ってましたが、まるで柳みたいにひねくれたやつだった。で、ある晩、そいつが肩で風を切るみたいにして映画館に入るのを見かけたが、いっぱしのダンディの格好だった。そこで、署まで連行して言ってやりました——おい、いつものように哀れっぽく見せるにはどんな手を使うのかやってみろ。するとそいつが言うには、できません旦那、誓って言いますが、できません。そうするには、あのぼろを着なきゃならないんです、と」

「それでおわかりでしょう。その物乞いは、実際に二人の人間として生活し、それらを交代させていたんです。お巡りさん、あなたもそうですよ。一方では制服を着たえらい威張り屋だし、もう一方ではまったくまともな市民です。そのたびに違う声、違う歩き方、違う精神になる。共通なのは、ただあなたの自我、あなたの肉体だけです。だがほかの点では——

二人の人間です。たとえばわたし——わたしは靴屋でしたが今は庭師です。ご存じのように、われわれ手仕事の靴屋は、大量生産の機械に殺されました。だからわたしは園芸の仕事についたんです。今はこんなハーブ類を育てています。信じられないでしょう、靴屋と庭師の間にどれだけの差があるか。あるいはこんなこと——わたしには妻がありましたが、死なれました。で、お巡りさん、わたしはあなたに申し上げる——妻帯者と男やもめ、これは二つのまったく異なる人間です。わたしは今、誰か別人みたいになってるが、自分の自我は、記念として残しています。ほら、人がある町から別の町に引っ越すのに、なにか古いがらくた、時計とかランプとかを一緒に持っていくように……人は自分と一緒に自分の自我を引っ越しさせ、常に前と同じものだと考えています……わたしは子供で、徒弟で、靴屋で、そしてハーブ屋になりました。わたしはアナーキストでした、わたしは兵隊に行きました、妻を持ち、妻を失いました——あなた、うんざりするほどです。そしてそのすべての間、いつも自我は一つでした。わたしはこんなに変わったが、自我は変わっていないのです……」

# 歯が痛む時

「聞いてください」歯医者が言った。「人間が自分のエゴ（自我）を一番強く意識するのは、体のどこかが痛む時です。そんな瞬間には、あなたにとってはすべては同じになり、ただただあなただけ、その痛みを抱えたあなただけになる——」

「その通りです」靴屋は呟いた。「先生の所でわたしは歯根炎の手当を受けました——ちくしょう、わたしはその歯のために三日間も苦しめられたんですよ」

「わかります」歯医者は思いやり深く言った。「そんな歯は痛みをもたらします、、、、やれやれ」

「やれやれ」靴屋は相づちを打った。「その時感じるのは、その痛みしか存在しない、ということです。ほかのすべては——まるで急に遠くてよそよそしくなったみたいです。恐ろしいほどよそよそしく。自分の生さえもよそよそしい——痛みはわがままなものです。苦しんでいる人間には、ただその痛みがあるだけでほかにはなにもない。自分自身も、ただその痛みだけしか意識しない。痛くない者、それはもう自分じゃない——。

わたしはそのことによく注意していましたよ、先生。歯が痛い時、その人の自我はその歯と、その歯に関係するものだけです。その人の自我のすべてはその歯の中にあります。それはちっぽけで鈍くてひどく集中的な自我で、なにも見ず聞こえず、なにも考えずなにも欲せず、ひたすらその痛みだけを感じます。まるで獣のようだ。そしてそんな自我の所にやってくるのは——ありとあらゆる考えです。その中のある者は言います——これはやがて過ぎていく、過ぎていく、過ぎていく。別の者は熟慮し、こう助言します——湿布をしてみたら。さもなきゃカモミール液で洗浄するといい——。そして三番目は命令する——なんて馬鹿騒ぎだ、さっさと歯医者へ行って抜いてもらいなさい。そしてそれらの考えは、がたがたとしゃべりまくり、口論し、やってきたり出て行ったり——まるで見知らぬ人間たちのようだ。一方、本物の自我はまるで獣のようにうずくまり、体をゆすり、自分のその痛み以外はなにも理解しない。そして、そこにはまだ誰かがいて、そのすべてを黙ったまま見ている。だがそれはわたしの自我ではなく、誰かほかの人だ。わたしはただ、痛みと恐怖を抱えた哀れな男にすぎない。

それから一つの考え、あの精力的なやつがこう言う——この愚か者め！　誰がこんな苦しみを、ただ見ていなきゃならないんだ。そしてわたしの襟をつかみ、歯医者の所へ引っ立てて行き、さらにわたしの頭上に立って逃げ出さないように見張る。ここに座っているんだ、それだけでいい。そしてその考えが大声で言う——わかりますね、わたしが言うんじゃない、その考えが言うんです。わたしはその声を聞いて、心臓が飛び出しそうになった。——歯医者さん、どうぞお考えになって、その歯を抜いちゃってください。

そしていまや、わたしの中には二人の人間がいる——一方は恐ろしがって目をつぶっている。そして他方は、歯医者と抜歯用のペンチ、そしておびえきった哀れな獣を眺めている。だが、この二番目の人間、それはわたしの自我ではない。そしてボキッ！——突然わたしの意識の中でなにかが壊れる。ついに歯が抜かれました」

「それはショックだったでしょう」歯医者が言った。「でも自然なことです」

「そう、自然なことです」靴屋はうなずく。「でもとっても特別なことでもありますよ、先生。あなたがそれにお気づきになったかどうか知りません。この瞬間——なにかがまるで洪水のように溢れたような気がします。たった一撃で、痛みと恐怖に閉じ込められていた哀れな自我が解放され、体の中にまるで川のように流れ出した感じです。わたしは一気に自分の正常な、広々とした自我を持ち、その自我はあたりを眺め、考え、おしゃべりをし、そして世界全体に興味を抱くのです。わたしは歯医者さんのこんな場所でとんだおしゃべりをしてしまいましたね、どうか気になさらないでください」

# 小さな灯

まちはずれの屋台から転がり出た酔っぱらいが目にしたのは、一面の闇の中を跳びはねる小さな灯だった。闇は、野道の上、垣根と生け垣の上、どこへも通じていない、またはそこになにもない終点に通じている道の上に広がっていた。おや、おれは頭がおかしいのかな、あの小さな灯はなんだろう。踊り、跳び回っているが前へは進まない。今は釘付けされたように止まったままでいる。と思ったら、今度は円を描くかのように乱高下する。神がおまえに、ここへ見に来い、と呼びかけたのか。待て、鬼火よ、確かめねばなるまい。おれが鬼火を信じるわけではなく、勇気がおれをけしかけるのだ。ほかのやつだったら怖がるだろうが、おれは見届けてやる。それが鬼火であろうが蛍であろうが、蝶のように帽子をかぶせて捕まえてやる。

そして、誰が予想しただろうか。びっくりしたなあ、神様。それは太った男で、小さな懐中電灯を手にして両足のすぐ前を照らしていたが、どこへも行かずにいる。地面に向かって背をかがめ、破片かごみでも照らすような格好をし、それから再び背中をまっすぐにして、足下に光の輪を作った。見よその人を、老いたる人を！　その人は一休みし、あんた、と声をかける。声をかけられた男は、荷車引きのように酔っぱらって、もはや家へ帰る道筋もわからない。ここはだめですよ、あんた。そう、ここにはいやらしい鍵穴がある。でもそこに差し込んで、地獄の門を開ける鍵がない。

「ああ」酔っぱらいは言った。「あんたはなにか失くしたんだね、そうだろう、なにか失くしてここで探しているんだな」

「なにも失くしちゃいない」太った男は言った。「もっと言えば、あんた、理性だって失くしちゃいないよ」

「ああ」酔っぱらいは言った。「おれにはわかった。あんたは釣り師でみみずを探してるんだ。でも変だな、あんたはこんな道の上でみみずを探してる、茂みの下の公園で探せばいいのに。それに、みみずを入れるブリキの缶も持っていない。おれにはあんたが釣り師だとは見えないね」

「わたしは釣り師じゃない。わたしは靴屋だ」と太った男。「ここで実験を、さもなきゃ謎解きをしているんだ」

「それじゃ話は別だ」と満足げに酔っぱらい。「靴屋と謎解き、もうそれだけで意味があらあ。そこを照らしてごらんよ、親方。町全体がそこにがらくたやごみを放り出してるぜ。ここでなにかぶっ壊れてないものを見つけようとしたって、無駄ってもんさ」

「無駄ってえば」太った男は言った。「そんなものを探しにこんなに遠くまで来なくたっていいんだ。でも、こんな闇を見つけるには、ちょっぴり遠出しなきゃならない」

「この場所には」と酔っぱらい。「真正の、本質的な闇がある。ここへ来る人は、なにに足を踏み入れるのか、実際にどこへ向かえばいいのかわからない。この道はどこへも通じていない。だからここにはこんなに大きな、自然で混沌とした闇があるんだ」

「その通り」と靴屋が言った。「ここには闇とカオスが同時に存在するから、わたしが自分の小さな電灯で実験するにはよい場所なんだ」

「靴屋さんよ」酔っぱらいは抗議した。「あんたがどこかへ泥棒に忍び込もうとするんだったら、おれはあんたのすることに付き合いたくないね。そんな電灯は忍びのランプって呼ぶんじゃねえか？」

「これは別の種類だ」靴屋は言った。「別の店の品物さ。これはふつうの、さもなきゃ魔法のランプだよ」

「じゃあ、あんたはだまされたんだ、親方」酔っぱらいは言った。「魔法のランプなんてあるもんか。どんな電灯だって深淵の底まで照らし出しはしないし、あんたに物事の本質を説明してくれはしない。あんたは、自分では照らしてると思ってる。だがその間、ただ自分の影を闇の中に投げかけているだけだ」

「それもまた真実だ」と靴屋は言った。「光が謎解きだという点から見れば。光が理性にとってなにを意味するか考えてほしい。わたしたちは明確な意識のことを話しているわけだ。それでもまだ、永遠の光《ルックス・アエテルナ》のことはなにも話していない。意識ある精神は、あんたにとってまるで闇の中に燃えるランプのように見えるんじゃないかな？」

「おれは鬼火だ」と酔っぱらいは言った。「注意、注意、ここで落っこちたらもう戻ってこられないぞ」

靴屋はしゃがみこんで、地面をまともに照らした。「ではわたしに言ってくれ、鬼火よ。よく見て、なにが見えるか言ってくれ」

「おれには見える」酔っぱらいは言った。「あんたの手がふるえてはいないのが。失礼、あんたは酔っぱらっちゃいないね」

「あんたに見えるものはそれだけだ。わたしが見えないんだね、わたしは存在しないんだ。言ってくれ、なにがあるのか」

「ちょっぴり土があるだけだ。乾いた泥が少しだけ」

「そのほかには？」

「そのほかにはなにもない。そのほかには暗闇か、さもなければなにもない」

「それでわかるだろう、それが意識ある精神だ」靴屋は立ち上がった。「なにが見えるか、もっと話してくれ」

「今は光の輪だ。道、人の足跡、道ばたには草むら」

「そのほかには？」

「そのほかにはなにもない。ただそれだけだ」

「それでわかるだろう、それが人間の意識だ。そして今は？」

「今は堀の一部、がらくたと闇の境目にある白いもの」

「そしていつもこの電灯があるね。こんなふうに少し電灯を回してみたら、すべてが違ってくる。今はなにが見える？」

「今は木だ。そして今は——おい、親方、あんたは闇を裂いたな。あんたの電灯は、今にも吠えかかりそうな犬みたいに地面を走っている。もういい、もういい、無限の中を踏み回るのは許されない。長すぎて困るほどの影を引きずりかねないから」

靴屋は自分の電灯を消した。「この電灯は、いつも存在している」と呟いた。「どっちの方向へ行くか、電灯次第だ。わたしはあんたのような人たち、いつも乾いた泥をちょっぴり照らしている人たちを知っている。こんな狭い円で、そのほかにはなにも——そのほかにはなにもないんだ。ちょっと考えてごらん、人間の意識がどんなにちっぽけな円になれるかを。わたしはただ、自分について知っているだけだ。わたしは、意識によって照らされるあのちっぽけな部分以上の何者でもない。意識を消してしまったら、お休みなさい、だ。みなさん、わたしを愛してくださいさい。わたしはいません、わたしの自我はありません。ただ、電灯の消えた闇の中でなにか腐れかけていく夢が、燐光を放つだけだ」靴屋は考え込み、じゃりじゃりと音がするほどあごの不精ひげを撫でた。「われわれの内部に、なにか接触点のようなものがあるに違いない。電灯にスイッチが入ると、自分自身の意識の結果を闇の中に投影し始める——まるで忍びのランプか蛍のように」

「呪われた運命だ」酔っぱらいは言った。「親方あんたは知らないだろう、鬼火がどんなふうに消えなきゃならないかを」

「待て待て、落ち着かぬ炎よ。わたしは別の方向を照らしている。光がない所には闇もない。目の見えぬ者には夜はない。石にはなにもわからない。光との境界にこそ、闇が生ずるのだ。いいかい、あんた、われわれはなにかを知り、ほかのものを知らぬように、物事を見分け始めるためにこの世界を照らさなければならなかった。「神はおっしゃった——光あれ！ そして光が現れた。神は光を見てよしとされた。そして神は光と闇を分けたもうた」〔旧約創世記第一章〕というわけで、それが忍びのランプの第一号だ。われわれも、鬼火よ、光と闇とを分けている。わたしの電灯はこの乾いた泥の一片と、どこへも通じぬこの道の一部と、宇宙からのこのがらくたとごみの山を照らし分けている。あんたにこれは魔法のランプだ、と言ったよなあ？ それは物事を分ける力を持っているからだ。

そして、どんなものを、またはどんなグループを分けるかは、あんた次第だ。あんたが照らすもの、それがあんたの光になる。照らされるものがなければ、光もないだろう。あんたはまさにあんたが照らすものなのだ。あんたは狭くも広くもなる、少なくも多くもなるが、それはあんたがなにを捉えるか次第だ。あんたは一つまみの泥、あんたは道、または世界の一片——それはあんたが自分の自我のランプを、どちらの方向に向けるかによる。いいかい、わたしは自分の小さなランプの瞬時のきらめきの中で、猫の目が光るのを、ライラックの花が咲くのを、恋人が互いに体を抱きしめ合うのを見た。でも、あんたが望むなら、二つの塀の間のあの狭い幅の道だけしか照らしてやらない。そうすれば、ほかにはなにもなくなるだろう。自分の道を照らすことにしか、灯を使わなかった人たちもいるんだ」

「無事ご到着を」酔っぱらいは呟いた。「おれについて言えば、おれは泥地の上で踊りながらふらふらしている」

「闇の中では」靴屋は言った。「闇の中では、人間は自分が投げ込まれたとてつもない領域と広がりを期待する。闇の中では、人間は塀の間の道よりもずっと多くのものがここにあると感じる。だが、自分の灯をともす時には、ただ自分の歩けるよく知った部分――道の一部とかそんなものだけを切り取ってしまう。おい、なんでわからないんだ、あんたの自我は、あんたにとって未知のものの中で光で照らされた部分にすぎない、あんたの全人生の中から切り取られた小さな光の輪にすぎないってことが？　愚かだな、あんたは、愚かだ。あんたの知らないもの、それは常にあんた自身だ。わたしにはわかるが、あんたは自分をちょっと照らすために、自分を立ち止まらせることができないんだ――道の隅に立ち止まることを望まないんだ、常に行進を続け、道を照らさなければならないと考えているから。そしてあんた自身は考える――この道をさらに進めば進むほど、それだけ多くのものを見たことになり、それだけ徹底的に人生を利用したことになる」

「お間違いのないよう」酔っぱらいが口を出した。「このいまいましい道はね、靴屋さんよ、どこへも通じてないんで、ただ終わるだけだぜ。この道を行った者は誰も帰ってこないよ」

「そうだよ」靴屋は言った。「だが、一体どこで、この飲んだくれさんよ、闇は終わるのかね？　わたしがあんたに教えてやろう。あの星座、牡牛座の彼方、そして銀河、ミルキー・ウェイ《ヴィア・ラクテア》と呼ばれているあの道の彼方だよ」

「そんなことは言わないでくれ」酔っぱらいは体を縮めた。「ぞっとするよ。さまよえる鬼火は、宇宙のどこまでとぼとぼ歩んでいくのかね？　悪魔にさらわれろ。せっかく飲んだのが無駄になっちゃったぜ。しばらくはしらふになろう、あんたが星の世界をおれの頭の中に注いでくれるなら」

靴屋は沈黙したままでいたが、やがてついに口火を切った。「自分を照らす鬼火よ、今はなにを見ているのだ？」

酔っぱらいは呟いた。「こんちくしょうめ、首でもはねられろ、おれは星を見ているんだ」

# III　寓話集

# ピレモン[*1]、または園芸について

## 葉牡丹

わたしは葉牡丹が気に入っていた。ふくよかな感じで、白い粉で薄化粧し、そして若かりし頃の我が友フランチシェク・ランゲル〔チェコの作家。一八八八―一九六五〕のように縮れ髪をしていた。だが、突然どこから湧いたのか、キャベツシロチョウ〔モンシロチョウの仲間〕の青虫がとりついてしまった。その名が示す通りならば、その青虫はストラシュニツェ〔プラハの東部地区〕あたりのキャベツをむさぼり、わたしの葉牡丹を平穏無事にしておくはずである。それなのに、青虫たちは見事に枝分かれした茎を除き、すべてを食い尽くしてしまった。

この災難が起こる前は、わたしは自分の評価表を訂正して、葉牡丹を花の中の女王としたい気分だった。だが、それは正しくない。花の中の女王はいまだにずっと薔薇である。なぜなら、それは明らかに食べられないからである。

どうやら人間も、万物の王となるためには、まさに食えない存在でなければならなかったようだ。

## 多肉植物〔サボテン類〕

わたしが多肉植物の立派なコレクションを持っているとは思わないでいただきたい。わたしはただ、サボテンの鉢植えを四つと、ヤネバンダイ草をいくらか持っているだけである。それでも、この植物はわたしの目を見張らせる。

サボテンの一つは、まるでなまの羊の肉を芽吹かそうと心に決めているかのようだ。それは赤くて、ちょっぴり紫がかり、太くてなにか不格好な動物の手にとてもよく似ている。この自然の驚異は、正直言っておぞましい。

二番目のサボテンは、金属職人の幻想から生まれるような形を自分で受け入れるつもりだった。きっとわざとそうしているのだ。まるで人工的な作品のような顔をしている。

三つ目、それはきれいで太い、菫色と緑色のサーベル型をして、スタイルをよく見せようという意図が明らかである。しかし、全体がなにやら熱帯風の細かい粉で覆われ、びっしりと白いかびの吹いた、いぼいぼのついた形になっている。それは伝染性のものとは思われない。

四番目の化け物は、どんどん成長せずにはいられないらしい。まず最初に突起がいくつか伸び出し、それらが小さな星形になり、星の下から緑色の球が顔を出す。最後にその球から、びっしりととげの生えた小さな星がいくつもついた角のある丸い球ができあがる。それから次にどんなものが生ずるか、わたしには想像もつかない。

だが、もっとも不思議なのは、ありふれたヤネバンダイ草である。わたしはそれを植え付けたが、それだけであとは放っておいた。どんなことをしでかすか、なすがままにしておいた。ところが、それはとんでもないわざを持っているのだ。その気になるといつでも、腋の下や背中や頭から、緑色の鱗のような小さな芽を出してそれが本体と離れ、地面に剝げ落ちて根を張り、まるで狂ったように成長していく。

もしわたしの腋の下とか胸とかうなじから子供たちが芽を出してきたら、いったいどうしたらよいだろうか。ヤネバンダイ草の何本かは、二十もの子供を身に帯びている。それはいわば、豊饒の発疹のようだ。手放しの母性の発現である。

## 雑草

わたしは一つの発見をした。どの植物も、ほかとは異なる葉と花を持つばかりでなく、根もそれぞれ異なっている。害虫を取り除くために地面の中を探ったことのない人たちは、根に秘められた豊かさを想像することができない。弾力に富んだ根、パルプのような根、病的に色の薄い根がある。または固かったり、細かく枝分かれしたり、豊かな巻き毛のようだったりする。這いずり回るもの、木と同じようなもの、ふくれたもの、球根のようなもの、固いものやもろいもの、羊の腱のように丈夫なもの、深いものや浅く分岐しているもの、肥ったものも飢えて叫んでいるものも、生きている神経のように赤いものも腐ったように黒くなっているものも、毛むくじゃらのものも禿げているものも、言ってみれば、地下もまた、地上と同じく豊かなのである。

## 土

わたしが土のことを話していると、一人の園芸家がわたしにつっかかってきた。その男が言うには、園芸用の土壌は決してただの土ではない――それは表土であり、腐植土であり、優雅で生命に満ちた物質であるのに対して、ただの土とは、よく知られているように、生命のない物質で、粘土とか不毛の土だ。

わたしはいささか恥ずかしかった。園芸家の言う通りだ。だが、それならなぜ神様は人間を地中の土から創造し、表土から創らなかったのか？　アダムは腐植土から創られた、とは書かれていない。創造主がアダムを柔らかい腐葉土から創り出そうとした、とは言えない。明らかに創造主は、楽園の腐植土や腐葉土を節約なさったのだ。われわれ園芸家も、最高級の表土を、誤った試みのために無駄遣いしてはなるまい。

## 雲をどうやって育てるか

それには相当な手間がかかる。非常に注意深く雑草を取り、表土からごみや小石をつまみ出し、地面に跪き、背中を丸め、大地を耕し、水をやり、青虫を拾い集め、アブラ虫を絶滅させ、地面をほぐし、大地に奉仕することが必要だ。この仕事で背中がすっかり痛くなり、やっと姿勢を正して空を見上げる時、この上なく美しい雲が現れる。これは証明済み《プロバートム・エスト》である。

（一九二五年）

### 訳注

＊1——ギリシア神話に出てくる貧しいが信心深い農夫。

# 園芸家イソップ

## ハサミ虫

このみじめな、ろくでなしの、みにくい怪物め、おまえはわたしの大切な実生《みしょう》の苗をかじり、出たか出ないかの芽を食い荒らし、あてもないいやらしい忙しさで家の隅々を走り回り、わたしの枕の下に身を隠し、わたしのコップの水の中で泳いだりする。のたくり回る怒りんぼめ、おまえはわたしを自分のハサミで締め付けるが、後生だ、おまえは一体、この世でなんの役に立つんだい？ どんな目的があるんだい？ どんな利益をもたらすつもりだ？ そしてこの天下でおまえほど無益な生き物はいるだろうか？

「わたしは無益じゃありませんぜ、あなた。わたしは生きているうちに、この上なく役に立つことをやってのけましたよ」

役に立つことってどんなことをしたんだ、ハサミ虫め。

「新しいハサミ虫を生んだんでさ」

**庭の中の猫**

きみは不毛の土地にきちんとした芝草を植え、裸の枝から茂みを丹精して作り出した。きみはぴいぴい鳴いている迷子の子猫を、ひざに抱きかかえてあやし、家猫に育て上げた。そして今、きみの牡猫は、丈なす草むらと茂みの中を、まるで蛇のように這い歩き、金色の目を光らせ、つやのある毛皮を幸せそうにふるわせている。

「ぼくのことか？　ぼくは野生のジャングルの中の野生の肉食獣さ」

**自分の財産権**

わたしは昔から雀に好意を持っている。なぜなら、雀は陽気で貧乏くさいから。貧乏人のぼろくずのように灰色っぽく、浮浪人のように身だしなみが崩れていて、子供のように無心で、無駄話好きのおしゃべりで、生活に満足し、全体的にどこか民主主義者的だから。そんなこんなの理由で、わたしは雀たちが貧しい生活を営んでいる様子を、いつも好ましく見守っていた。（だが……）

出て行け、このろくでなし！　引っ込め、雀野郎！　失せろ、このみすぼらしい泥棒め！　わたしの猫はどこだ、わたしのステッキはどこだ、わたしのピストルはどこにある？　この悪党め、この盗賊め、おまえはわたしの幼木に初めてなったわたしのさくらんぼをついばむつもりなのか？

## 政治家的行為

植木鉢の中のそのベゴニアは、なすすべもなかった。あらゆる努力にもかかわらず、根っこの方は腐り、上の方はしおれてしまい、見るも無惨な醜悪な姿をさらけ出していた。それで頭にきた園芸家は、その鉢を地下室の一番暗い隅に放り込んだ。そしてそのまま、きれいさっぱり忘れてしまった。だめになったベゴニアよりも、もっとましなもののことを考えていたから。

やがて二週間後に、なにか空いている植木鉢はないかと地下室を探していた時、園芸家は、あのベゴニアが復活しているのを見つけた。かつてのように丈高く、荒れ地のように水を求め、恐ろしいほど生きるのに懸命だった。

「うちのご主人の園芸家は、自分の仕事がよくわかってるんだね」他の草花が呟いた。「まるで政治家のように賢いね！」

**フラワー・ポット**

どう、見てる？　わたしが春からどんなに成長したか！　こんなに葉を茂らせて！　どんなに花を咲かせ、いい香りをさせているか！

**みみず**

ブルル！　急いで地面に潜り込もう！　まっとうな湿った土の中へ！　ふう、人間がおれにさわりやがった！　なんていやらしく乾いて、あったかいんだろう！　おれには耐えられないね、胃袋がでんぐり返りそうだ！　ふうー。

**庭の中の子供**

草花の芽を摘んで、砂を敷いた小道の中に押し込もうとする。「おい、なにをしでかすんだい、このちび小僧め！」

「お花を植えているの」

**サボテン**

あんたをちくっと刺してやる。それでもあんたは、ぼくがすばらしいとげを持っている、と言うだろうよ。

**雑草**

ぼくは知ってるよ、隣の毒麦《どくむぎ》くん。ぼくをやっつけようと、みんなが陰謀をめぐらしているんだ。連中が牧草地を刈る時は、ぼくを根絶やしにするのが目的だ。空からは、ぼくを目がけてあられの雨を降らせた。また、ぼくを太陽ですっかり焼き尽くしたいと思ってる。おまけにぼくにもぐらやみみずをけしかけた。

だが、ぼくは決して負けないぞ。なんでそんなにぼくを目の敵にするのか、ぼくは知ってるぞ。ああ、ぼくが事態をうまく語ることができたらなあ！

（一九三六年）

## 未来からの寓話

（ある技師が書いたものによると、プラハ周辺の岩場は、プラハ市民たちの地下住居建設に適していた、という）

**地下住居時代の感想**

考えてもみろよ、かつては人類が自分の住居を地上に建てていたんだよ！　なんて原始的な時代だったことか！

**住居建設委員会**

あなたの洞窟は衛生的に欠陥があります。地上の大気が流れ込んできますよ。

**科学**

……その当時は地球を包む空気は酸素、水素、窒素、その他希少なガスから成る、と考えられていた。

恐ろしいことだ！　そんなに無知だったとは！

**子供たち**
ママ、ここに書いてある「青い山々」ってなんのこと？

**道徳**
顔を丸出しにすることは、はしたないことだ。きちんとした娘さんは、ガスマスクをせずに誰かに会ってはいけない。

**母親**
あんたの息子はなにをやらかしたの？　まさかあのいたずら小僧は、地面の上に這いずり出ようとしたんじゃないでしょうね！

**本の読み手**
なにをそんなに笑ってるんだい？

だってこの古い本には、「自然の裁き」なんてことが書いてあるんだよ。

**家主**

一週間以内に家賃を払わなければ、あなたをこの地下室から日の当たる所へ放り出します。

**ぜいたく**

やあきみ、これはぜいたくだな！　連中は自分の洞窟の中を人工の鍾乳石で飾ったんだ！

**転居**

お医者さんがぼくに転気療法をすすめるんだ。で、ぼくはどこか古生代層の洞窟を探してるんだがね。

**嫉妬**

なんだ、あいつ！　コネを使ってヴィノフラディ〔プラハの東部の高級住宅地〕のトンネルの中の部屋を手に入れやがった。

**記念碑**

あの竪穴はなんのためだい？

あそこには、われわれの総統の地下の記念碑がおごそかに埋められるんだってよ。

**理想のアパート**

で、ここには鼠はいないのかい？

とんでもない！　ここじゃあ、どんな鼠だって我慢できないだろうよ。

**差別**

最良の住居は石灰岩の中だ。花崗岩はちょっと冷たくて、暗いな。

**若い主婦**

地下にかわいいベランダを作りましょうよ。そこに植木鉢を置いて、カビとキノコを栽培するのよ。

**ご近所の女たち**

恐ろしいわ。空気の値段がまた少し上がったの。

**追憶**

わたしたちが故人となった父を地上に葬ってから、もう一年になります。

**洞窟人たち**

ほら見なよ、ぼくはここで太古の炉を発掘したんだ。
よく言うよ！　そんなずっと昔に洞窟に住むほど高い文明の段階にある人間たちがいた、と思うのかい？

**運河**

あの愚かな人間たちが、その昔こんなに狭い通路を作ったんだ！

**ダイビング**

（妻に）おい、ぼくにダイビング・スーツをくれ。ぼくはこれから浮上するんだから。

**男の子**

パパ、「平和」ってなんのこと？

知らないね、そんなあほなこと、ぼくに聞くなよ。

**神話**

昔々地上に人間が住んでいました、だって？　それはおとぎ話だよ。科学的にはナンセンスなことだ。

**紀元二二〇〇年**

最近の最大の発明！　錆びることのない、石器時代に劣らぬ火打ち石製の道具類！

## 紀元二五〇〇年

……かれは帰ってきて、こう主張した――あの地上、あの地球の表面でも、十分に呼吸ができる。

そう、できるとしよう。だが、その地上にはなにがあるというのだ、きみ？

（一九三四年）

# 国内戦争についての寓話〔スペイン市民戦争を背景にしたもの〕

**国内戦争**
フレー、フレー！　国民の名において、われわれはわれわれ自身を平定するぞ！

**勝利**
叩きのめされた三十万の政治的反逆者たちだって？　きみ、それこそすばらしい国家的成功だよ！

**国家的成功**
われわれの果敢なる外人部隊は、わが国内の敵である卑劣なる略奪団を、頭から叩き潰した。

**歴史の一ページから**

……外国の金のために、そして外国の兵士たちによって、わが国の国家としての名誉が守られた。

**自給自足**

忌まわしき外国人を敵にまわしてきみらの血を流すな！　戦争なら国内でやれ！

**新しい地図**

地図全体を通じて書き込みたまえ――この地に、血にまみれし国家への反逆者たち横たわれり。

**国民**

国民とはただ、われらの命令に服して戦う者のみをいう。

**賞賛**

兵士諸君、きみらは自らの国の偉大さを守るために、可能な限りすべてを行なった。もはや、その半ばを残すのみである。

**戦闘を前にして**

兵士諸君、自らの兄弟に対して銃撃せよ。祖国はきみたちを見守っている。

**権力の獲得者**

たとえそれが廃墟であろうと、とにかくわたしのものになるのだ。

**状況報告**

われわれの勝利はいまだ完全ではない。われわれの市民の大部分は、いまだに打ちのめされていない。

**戦場からの報告**

わが砲兵隊は、わが首都を烏有《うゆう》に帰せしめることに成功せり。

**権利の問題**

合法的な政府とは、砲撃力において優位を保つものを指す。

**有効な一撃**

……ある病院の焼失に成功せり。

**日課命令**

ひたすら切り分けよ！　自分の肉には、常にぶつかるものだ。

**兵士の命題**

敵を撃つこととは、すなわち敵が死体となるよう強制すること、である。

**包囲された者たちへの呼びかけ**
きみらの戦いは無益だ。きみらが進んでわれわれに処刑されるよう、きみらに呼びかける。

**勝利の戦闘**
わが部隊は三百の処刑者を獲得することによって、すばらしき勝利を収めたり。

**将軍**
ありがたい、ここでは少なくともわれわれにとって国際的な権利の侵害はない。

**指揮官**
人道上の規則だって？　そんなものは、わが国内事情に抵触するぞ！

**悪魔**
こういうものをおれは戦争と呼ぶんだ！

**死神**
わたしはまったく満足している。ここには少なくとも戦時捕虜はいないからな。

**ラ・ムエルテ**〔スペインの死神〕
わたしも国民のために働いているのです。

**最後の発射**
善意の砲声が、わが国内の敵の頭上に広がる宇宙全体に轟きわたった。

（一九三六年）

# この時代

**戦争にはあらず**

われわれが本当に戦争を望んでいない、という証拠——それは、宣戦布告をせずに戦っていることだ。

**文明の進歩**

敵への砲撃はずっと効果的になっているが、もはやこの事態は、少なくとも戦争と呼べないことは確かだ。

**国際条約**

……そう、それはわが国の国内問題である。

## ニュース

わが軍は戦車と航空機を装備した新たな二箇師団を攻撃に投入した。敵は甚大なる損害を受け逃走した。平和は持続している。

## 平和

われわれは戦争を望んでいない。弱者に対しては懲罰隊の派遣で十分なのである。

## ノート

われわれの平和愛好の証拠は、敵がわれわれの思うがままに扱われようとする、その自発性に示されている。

## 抗議

文明世界にわれわれは訴える――われわれの野蛮なる敵は、われわれの提起する条件を受け入れずに、自分の妻や子供たちをわが飛行士に殺害されるがままにしているのだ。

**ニュース**

わが空軍は敵勢力への爆撃において著しい成果を収めた。敵の兵士一名、女性七十名、子供百名が殺されたのである。

**狼と山羊**

われわれは経済的基本事項において同意する——わたしすなわち狼は、きみすなわち山羊の草は食べない、そしてきみはその代わりに自分自身の肉を、友好的にわたしに供給するのだ。

**証拠**

隣国との同意に関するわれわれの努力を示す証拠として、われわれは同国の開放都市〔無防備宣言をした都市〕に爆撃を開始した。

### ニュース

敵は卑劣にも、敵の都市に対して穏便に爆弾を投下しようとしたわが飛行機に、砲撃をしかけた。

### 善意

われわれは、われわれの紛争問題を国際会議に自発的に上程した。もちろん、われわれが正しいとされることを前提条件とする。

### 原則

より賢明に退却できるぎりぎりの点まで、より狡猾に戦争すること。

### 二頭の虎とジャングル

われわれは平和の実現のために会合し、互いに協力して狩りを行なうことに同意した。

### 狐

鶏どもがコケコッコと騒ぎ立てるのを信用するな。わたしが餌食を平らげている時は、鶏小屋の中はいつも平和なんだ。

**ギャング**

あんたが自分の身を守ろうとするなら、あんた、わたしはあんたにとって好ましくない処置を考えざるをえないだろうよ。

**狼**

わたしは餌食を平らげた。こうして再び、より高き徳義が勝利したのだ！

**盗賊**

あいつはわたしを攻撃した。それに対してわたしはただ、あいつの財布についての自分の権益を守っただけだ。

**裁判所**
逮捕者三百人だって？　で、連中はなにについて自白しなきゃならないんだ？

**四十五人の一括処刑者**
かれら自身の告白によれば、かれらは太陽の軌道を破壊しようとしたのだ。

**死神**
そう、ご覧よ、、、、こんな平和も悪くはないね！

（一九三七年）

# 断片

## i

なぜ屋根をずっと見てるんだい？

ぼくはとっても怖いんだ、あの屋根屋が足を踏みはずすんじゃないかと。ところがあいつは、一向に落っこちてこないんだ！

＊

誠実さ——わたしは誰の陰口もたたいていない、わたしはただ、自分の考えていることを口にしているだけだ。

＊

一匹のバッタはエジプトにとっての災厄ではない。エジプトにとって災厄となるのは、バッタの数が多すぎるからだ。同様のことが愚か者についても言える。

＊

国家主義者――国家なんて悪魔にさらわれろ。われわれにとって問題なのは、その威信だけだ。

＊

国家経済学者――今日の状態はまさに荒涼たるものだ。というのも、わたしの理論によって運営されていないから。

＊

職人の親方――わたしは生活していくために働いている。だが、ちゃんとした仕事ってどんなものだろう！　ちゃんとした生活とはどんなものだろう！

＊

わたしは百パーセント確信してるんだが――あなた、何パーセントかまけてもらえないだろうか？

＊

カイファーシュ〔キリストの裁判に関係したユダヤの有力者〕の考え――このナザレの男〔キリ

スト」が誰から、そしてどれだけ、このことで報酬を得たか知りたいものだ。

*

団結――ぼくのいとしいいとこは悪漢だ。だが、ほかの誰かがいとこのことをそう言ったら、それはわが家族の名誉を傷つけることになる。

*

批評家――批評すること、それは、できるものならわたしがそうしたいと思うようなことを、著者がしないように自覚させることである。

*

文明の最大の災禍の一つ――それは学識高き愚か者である。

*

革命精神でさえ、それ自身の教条主義者たちを抱えている。

*

われわれの言葉遣いは賢明だ――「わたしは確信している」と「わたしは自分に確信させた」との間には、原則的な区別がなされる。

*

くだらぬ文句よりも、公務執行のお役人の言うことを聞いた方がよい。

＊

宗教的原理――わたしの味方でない人は、わたしの反対者だ。
政治的原理――わたしの味方でない人は悪党だ。

＊

討論の中で――わたしにとって真理に従うとは、なんのことか？　わたしは真理を持っていないのに。

＊

小者たちだけが威信を求めて争う。大者たちはすでに威信を持っているのだ。

＊

機械の時代――目的をスピードで埋め合わせること、つまり目的よりスピードを重んじること。

＊

それは沈黙と同じことだと考えなさい、人々が自身の知っていることしか言わないとしたら！

自然は戦いを作り出し、人間は嫉妬を発明した。

＊

わたしはもう変わらないだろう、と木の切り株〔野暮で頑固の象徴〕が言った。

（一九三三年）

ii

その現象を「憎しみ」と言わないでほしい。「認識」と呼びなさい。〔当時のナチスの暴力行使の口実に対する皮肉〕

＊

「契約」とは約束事の達成を弱めるためのものである。

＊

政治家たちの努力のおかげで、世界の不安定が維持された。

＊

……平和のためという名目で、かれらはあらゆるエネルギーを用いて被害者を抑圧した。

＊

平和という大義のためには、外国の犠牲が大きすぎる、ということはない。

＊

大きな国家勢力もあれば、小さな国家勢力もある。それと同様に、大きな無力国家も小さな無力国家も存在する。

＊

紛争を局地化すること＝犠牲者をその運命に任せること。
紛争を一掃すること＝犠牲者の足をすくうこと。

＊

それは、それほどの悪事ではない。つまり、かれらはわれわれを売ったのではない。われわれをただで提供したのだ。〔いわゆるミュンヘン協定により、英仏などがナチスのチェコスロヴァキアへの侵入を認めたことへの批判〕

＊

……われわれは少なくとも、われわれの失ったものを知っている。

＊

それでもこの状態は、世界が進歩しただけかもしれない。つまり、戦争による暴力の代わりに、正式の戦争によらない暴力の行使なのだ。

＊

不成功＝機会を利用しないこと。
成功＝機会を悪用すること。

＊

旧約聖書の言は正しい＝障壁も時には単なる叫び声にて崩れ落ちる。しかし、単なる叫び声はなにものをも建設させることなし。

＊

これは悲惨なことだ、こんなにも多くの同情を呼び起こすとは！

＊

いや、脂肪などでわれわれの心臓が肥大化することはない。

＊

少なくともわれわれの手間を少し省かせてほしい——つまり、自分自身に失望することを。

＊

たとえ火事場でも、誰かはそこで自分のスープを温めている。

＊

前向きに考える人だけは本当に信じている。再び国を建て直すこと……それは一生を賭けるだけの価値がある。

＊

たとえ不幸な国民であろうとも、決して小さな国民にはならぬように！〔チェコの国民のことを言う〕

＊

まことに残念だ、もはや領土よりも大きなものを自分で放棄しようとする人たちがいることは。

＊

新しい人たちとは、ただ、新しい課題にとって十分な人たちだけである。

（一九三八年）

# 寓話

i

## 人間たち

つらいことですよ、あなた。わたしは人間の小僧っ子どもを追っ払わなきゃなりません。わたしの犬を連中がいじめないようにね。

それにわたしは、犬を追っ払わなきゃなりません。わたしの猫を追っかけ回さないようにね。

そしてわたしは、庭に出て、猫を鉄砲で脅さなきゃなりません。うちの小鳥たちを追っかけ回さないようにね。

おまけにわたしは、小鳥たちも鉄砲で脅さなきゃなりません。わたしのさくらんぼを連中が食べてしまわないようにね。

## アブラ虫

隣の奥さん、この世に正義なんてあるんでしょうか？　わたしが誰かの邪魔をしましたか？　誰かに通せんぼなんかしましたか？　わたしは葉脈の上に静かに座って、姿も見せず、声も出さず、ささやかな魂の持ち主として自分の居場所にひっそり身を潜め、平穏に自分の生活を求め、ただ自分の卵を産み、葉から葉へとひそやかに移動しているだけです——いいですか奥さん、わたしは誰に対してもなんの悪意も抱かず、ことさら要求もせず、なんのお節介もしていません——ところが、そんなわたしを、人間が、あの悪漢が、ヘロデ王のように残忍なやつが、憎しみに燃えて抹殺しようとしてるんです！

## 小さな白樺

世間ではわたしのことを、きれいな白樺と呼んでいます。その通りです！　でも、ちょっと待ってください、わたしがもっと年を取ったらどんなに美しくなることでしょう！

### みみず

あなた方に申し上げます――人間たちは土地を耕し……畝《うね》を刻み……掘り返していますが……それはただ、わたしへのあてつけです。わたしがそうされるのが嫌なことを、人間は知っています……やつらは意地が悪いんだ。わたしの邪魔をするのが目的なんだ。

### 工場の煙突

はっはっ、雲だって！　あんなぼろみたいなもの！　あんな薄っぺらなもの！　わたしの煙を見るがいい。なんと濃くて黒いか！　それなのにあいつはどうだい！　薄切りにしてやれそうじゃないか！　なあ、きみ、ああいうやつをわたしは雲と呼んでるんだ！

### 老いた松の木

わたしの年齢と大きさにどうやって到達するかって？　それはごく簡単さ。まず、乾いたきゅうきゅう鳴るような土を選ぶこと。下には水分がなく、腐植土も少なく、栄養も控えめであること――どうだい、ブナの老木は、そうではなく、この上なく栄養たっぷりの土をあなた方に推奨するだろうか？　そして柳は根本に沼があるように、と言うかな？　だが、そんなことを信じちゃいけない。愚かしい意見だよ。わたしの言葉を信じなさい。一番いいのは、裸の砂と乾燥、乾燥、乾燥さ！

**屋根**

わたしにはわかってる、よくわかってる。わたしの上にはなにもないし、わたしを眺めようとする人は誰もいない。でも、雨に濡れて光っている時、わたしはなんと美しいことだろう！　そしてその瞬間、わたしは自分が屋根であることを、なんと強く感じることだろう！

**バボウシェ**〔中東風の上履き〕

わたしはなんて不幸なんだろう！　いつもあの別のやつ、あのあばずれ、あのまぬけなスリッパと一緒くたにされるなんて！　あんな連中さえいなければ、わたしはもっといい仲間と組になれるのに……。

**蜜蜂**

わたしの長所の勤勉さについては、もう昔から取り沙汰され、評価されている！　わたし自身に関して言えば、わたしは勤勉さよりも、自分の針の一刺しの方にずっと重きを置いているんだがね！

**蟻**

まったく！　あの馬鹿どもが、おれたち、、、の道をもろに塞いでいやがる！

**石油ランプ**

電灯だって？　ああそうか。でも、ぼくはじゅうじゅう音を立てることができたんだぜ。

**花**

わたしが花盛りを過ぎる、なんて本当じゃないわ……わたしは成長しているだけよ。

（一九三二年）

ii

## 科学的な青虫

はっはっはっ。ぼくが蝶になるだろうって？　そりゃ他愛のない迷信ですよ、あなた。単なる幻想です。子供のためのおとぎ話だ。ぼくたち青虫の内部には臓物だけで、羽根なんかないことは科学的に確認されてます。色鮮やかな羽根なんかないんだ。そういうわけで、おしまい。

## 南京虫

奥さん、わたしは自分の子供たちを自慢できますよ。子供たちは健康で才能があり、世間向きでおまけにもう悪臭を放ってます――ありがたや、子供たちはこの世に絶えることはない。

## 書籍カタログ

詩集だって！　こんな薄っぺらな冊子が……いいですか、こんなのが、これでも本だと自称するんだから！

**老いたる証人の証言**

とんでもない、わしの若い頃はまるっきり時代が違っていた。あの頃は、わしたちトネリコの木は天に届くほど成長していた。草はどうかって？　あの頃、草はわしよりももっと背丈が高いほど伸びていた……考えてみなさい、草がどんな様子だったか……今どころじゃない！

**タンポポの種子**

ぼくは空を飛んでる！　どんどん昇ってく！　雲にも届きそうだ！　これでやっとわかった、なぜぼくがこの世にあるのかが！

**髪の中の虱《しらみ》**

わたしたちの足の下に、あの深い所に、下の方に、口吻の届かぬ所にあるのはなんだ？

なんでもない。ただの石だ。生命もなくなんの役にも立たぬ物質だ。

**オサムシ**〔肉食性の甲虫〕

生活にはただ一つの法則しかない。ただ一つのモラルだ。ただ一つの知恵しかない——それは「固くあれ！」ということだ。

**カタツムリ**

蟻どもは愚民の集まりだ。考えてもみろ、連中はこの世をわれわれの仲間の大ナメクジ様が支配していることも信じないんだから！

**フラワー・ポット**

わたしが土で作られたポットだって？　このわたしが？　ほら見てよ、わたしからなにが生えているか！

**雄鶏**

まだ夜明けじゃないぞ。わたしがまだ時を告げていないいんだから。

**錆びた釘**

はっはっ、ぼくがかれの足にささった！　これで、ぼくがもうお呼びでないとは言われないな！

**樹木**

遠くを見ること——そのためには高く伸びなきゃならない。

**雀**

問題はそれなんだよ、ナイチンゲールよ！　おれたち雀の方が数が多いってことさ！

**排泄物**

わたしに翼があったなら！　ねえ、そうしたら今とは違う立場になれるのに！

**狐**
すべての生き物は三種類に分けられる――敵と、競争相手と、餌食とに。

**鷹**
なんだって？　残酷だと？　生命をかけての戦いは、あんた、常に法にかなうものなんだ。

**ムカデ**
そう、そのこと、ただそのことを知りたいわ……ほかの惑星にもムカデがいるかしら。

**南京虫**
わたしは無駄に生きていたわけじゃない……死んだ後に子孫をうんと残してるんだから
……南京虫だらけ！　南京虫だらけ！

**雑草**
老木尊師よ、ばあ！　い、い、わたしが五百歳になるまで待っててくださいよ！

**切り株**〔沈黙と不動の象徴〕
それでなぜ、切り株尊師とは呼ばれないんだね？

**山鼠《やまね》**〔冬眠鼠とも言う〕
生きとし生けるものには三種類ある——山鼠類、けだもの類、それに植物だ。

**花**
わたしがいい香りですって？　わたしが虫を誘惑する、ですって？　ああ、いいですか、わたしの知ったことじゃありませんよ。

**ヒキガエル**
進歩？　そりゃ進歩があるのは当たり前だ。たとえば、わたしはただのオタマジャクシだったんだから。

**身分高き蝿**

ご存じない？　あそこにいるのは、王様の額に座っていた蝿なんですよ！

（一九三二年）

iii

**分業**

わたしはあなたたちが働くのを眺めることになるし、あなたたちもまた、わたしが食べるのを眺めることになる。

**嫉妬**

ああ神様、ここではソーセージがこんなにいい香りをさせてます。それだのに、わたしは夕食に肥育した鶏しか食べられないんです！

**雇い主**

八時間労働だって？　それがどうした？　このわたしが、一日当たり八時間分だけに金を出すと思ってるのかい？

**死刑執行人**

わかるだろう、われわれにも感情はある。ただではそんな仕事はしないだろう。

**支配者**

わたしは、きみらがわたしに金を支払うように統制し、そしてきみらは、わたしがきみらに命令するようにとわたしに金を支払う。

**精神分析**

昨夜、わたしは亡くなった母の夢を見ました。これは近親相姦でしょうか、死姦でしょうか。

**南京虫**

ぼくは人間のことだったらなんでも知ってるよ！　ぼくはいろんなことが話せるだろう！

**サボテン**

十分に武装するのみ！　見たまえ、人間がいかにぼくを恐れているか！　挙げ句の果てに、ぼくに奉仕するんだ。

**孔雀**

わたしが見事な尾羽根を身につけているのは、パレードの見世物用じゃない。雌たちのためだ。

**哲学的青虫**

わたしを人間と一緒にするなんて！　あんな相対主義者と！　なんでも食い物にする生き物と！　わたしに関しては、ただ割当ての残余の葉しか食物として認めない。

**鷹派の政治家**
わたしはつまり、原則的に個人主義者なのさ。

**蜜蜂**
なぜわたしが自分の針で刺すのかって？　蜂の巣の名において、だよ。

**蠅**
いや、悪い時代だ。でも戦争中は、きみ、すてきな死体がたくさんあったなあ！

**草花鉢の中のみみず**
あんたは孤独ってことについてなにを知ってるんだ！　わたしは雌雄同体、つまり雄と雌を兼ねている——ああ、なんと孤独なことか！

**マッチ**
ご覧よ、わたしは永遠の炎だ！

**青虫**

セックス！　それがそんなに話題になるなんて不思議だな。わたしに言わせてもらえば、ひどく大げさなものにされている。わたしならそんな馬鹿げたことを考えもしない。わたしはセックスにあまりにも理解がありすぎる。

**もぐら塚**

あの地平線上の青いとんがり山ですか？　なんてことはないのに。みんなはあれをモン・ブランと呼んでますよ。

**風見鶏**

風のまにまに回ってる？　そうじゃないよ、だけど、時代精神と共に歩まねばならないんだ。

**風向計**

今日は北北西の風が吹いている。ただそれだけさ！

**枝に残った最後の一葉**

生命万歳！

（一九三二年）

iv

**水に浮かぶ材木**

このわたしに、どんな泳ぎ方をしなきゃならないか、あの鱒が語るだろうよ！　あの無知なやつが！　実際、あいつは流れに逆らって泳いでいるんだぜ！

**かげろう**〔生命のはかなさで知られる〕

百歳の亀ですって！　どうしてそんなに恐ろしく長い間退屈にしていられるんでしょう！

**地虫**

冬？　地中じゃそんなものはもうずっと昔に克服しちゃったよ！

**二十日鼠**

ふん、鳥どもめ。あんな時代錯誤！　誰かが鳥でいられるなんて、ぼくには理解できない。

**雀**

雲雀の言うことが真実だって？　問題外だね。真実はただ一つで、それは雀のものだ。

**カタツムリ**

たとえば直線は正しくはない、なぜなら、直線は螺旋状になっていないから。

**車のラジエイターの上の人形**

車を運転しているのはわたしよ。わたしがリードしてるの。

**粘土質岩**
われわれ粘土質岩としては、いかなる火打ち石をも認めない。

**イラクサ**〔荒れ地の象徴〕
この庭が荒れている、だって？　わたしはそうは言いたくないね。

**蠅**
あの絵の額縁の上の蠅の糞の跡が見えますか？　あれはわたしの作品ですよ、あなた。わたしも画家なんです。

**鯉**
どんな生き物も、空気中では生きられない。

**風の中の綿毛**
どいてくれ、今、ぼくらが飛んでいくよ！

**有能な青虫**

植物学？　それはわたしの専門だ。

**砂利石**

わたしは内面的に努力を重ねて、ついに砂利石になることに成功しました。

**ろば**

なんてこった！　こんなに深刻な時代なのに、あの桜のやつは恥知らずにも花を咲かせてる！

**蟻塚の中の一匹**

もうわかったぞ。二十世紀の要求するものは、集団性だ。

**犬の毛皮の中の蚤**

でも、ぼくたちは隣の家の雑種犬を追い出してやったんだ、そうだろう？

**南京虫**

おわかりのように、わたしはすべての南京虫の名において、悪臭を放つ。

**枯葉**

時代の要請？　われわれはそれを知っている――風の中での葉のざわめきで。

**煙**

あなた方はすべて物質の奴隷になっている。ただわたしだけは自由だ。わたしと雲とが。

**ロープにかかった洗濯物**

わたしは戦旗だ、風にはためく！　わたしの後に続け！　いざ戦いに！

**牛糞**
ぼくは鉱物か？　ぼくは動物か？　なんという難問だ！

**乾いた泥**
ただ硬い石だけがぼくに匹敵する。つまり、ぼくは石なのだ。

**腐敗**
わたしもまた、時代と共に進んでいる。

V

**テルシーテス**〔ホメーロスの物語中の人物。アキレスに殺される〕
万歳、万歳、われらギリシア人たちが勝利を得たぞ！

（一九三三年）

**エフィアルテス**〔テルモピュライの戦いでスパルタを裏切りレオニダス王の死を招く〕
でも、わたしはあのろくでなしのレオニダスをめちゃくちゃにしてやったんだ！

**アルキメデスの隣人**
あのアルキメデスなんてやつは、臆病者で裏切り者だ！　われわれの町を敵が攻撃しているのに、あいつはひとりよがりの円なんか描いていたんだから！〔アルキメデスは死の直前まで円を研究していたという〕

**政治家カトー**〔前二三四—前一四九。ローマの軍人・政治家。大カトー〕
なんだって？　餓え？　貧乏？　凶作？　そんなものはなんでもない。なによりもまずカルタゴを滅亡させねばならぬ。

**アナニアス**〔使徒パウロを審問したユダヤの大司祭。使徒行伝二三—二四章参照〕
かれは世界を救いたかったのだ、それは疑うべくもない。だが、なにもパリサイ人を怒らせることはなかったよ。

**ネロ**〔在位五四―六八。ローマ皇帝。暴君として知られる〕
キリスト教徒迫害なんて嘘だ。われわれはただ、かれらの世界観に反撃しているだけだ。

**アッティラ**〔四〇六？―四五三。フン族の王。ヨーロッパを侵攻〕
われわれだって世界救済にやってきたのさ。

**ボレスラフ残酷王**〔九一〇―九七二？　チェコの聖ヴァーツラフ王（九〇八？―九三五）の弟。キリスト教導入に反対し、兄を暗殺した〕
……あのヴァーツラフ暗殺について言えば、あの事件は政治的に必要だった。

**チンギス・ハーン**〔一一六二？―一二一七。モンゴル帝国の太祖。ヨーロッパでは悪名高いタタールの王とされる〕
ひたすら燃やし、斬りまくれ！　そうなのだ、タタールの偉大さがかかっているのだ。

**イスラム教徒**
そうだ、だがわれわれは、神の名において戦っている。

**独裁者**
わたしは一つの考えに到達した。すべての人間は、従順に耳を傾けねばならぬ。

**暴君**
おまえら屑ども、わたしはおまえらを名誉ある国民に仕立ててやる！

**サン・バルテルミの虐殺**〔一五七二年八月二十四日、フランスでの旧教徒による新教徒の虐殺事件〕**の後に**
ふふ！……われわれは国民の中に、精神的統一を再建した。

**焚書者コニアーシュ**〔アントニーン。一六九一―一七六〇。チェコの熱狂的反宗教改革派のジェズイット教徒。三万冊以上の反カトリック文献の焚書で有名〕

教養だって？　いいかいあんた、そんな書物をわたしは全部読み終えたんだ！

**コンキスタドール**〔征服者。特に中南米を征服したスペイン人の呼称〕

恵み深き神よ、見そなわせたまえ、非人間性とわれとは無縁なるを。ただしアステカの人々はもちろん人間にあらず。

**黒人たちの蛮行の口実**

われわれはガーナのトゥイ族の村を焼き払った。われわれの勝利は、世界の歴史の新しい一ページだ。

**将軍**

口をつぐめ、わが英雄たちよ！

**倒れた敵に対して**

戦いを始めたのはかれだ。かれは身を守る必要はなかった。そのままなら平和だったのに。

**死体荒らし**

めめしい人間性を持たぬだけだ！　戦争は戦争なんだから。

**声明**

完全な秩序と規律のもとに、住民は撃滅され町は焼き払われた。

**指導者**

われわれは気高き理想のために戦っている――すなわち、自らの勝利のために。

**同時代人**

宗教改革者フス〔一三七二―一四一五〕は正しいだろうか？　わたしはこう言う――かれの戦術は正しくない。

**別の同時代人**

あのガリレオ〔一五六四―一六四二〕はなにを言っているんだ？　地球が太陽のまわりを回ってるんだって？　ふむ、わたしはもっと真面目な心配をしているよ！

**独裁者再び**

わたしはかれらから自由を取り上げた。しかしその代わりに、わたしはかれらに自尊心を吹き込んだ。

（一九三三年）

vi

**敵**

猫――わたしの最大の敵は犬よ。
犬――わたしの最大の敵もそうだ。

**肉食獣のモラル**

生き物には二種類しかいない——敵と競争相手だ。

**ライオン流**

獲物を平らげる場合、それはより強い者の権利か、ライオンの名誉の問題と言われる。

**蟻**

わたし個人は戦争してませんよ。戦争しているのは蟻塚です。

**毒蛇**

わたし？　わたしはただ、自分の平穏を望んでいるだけだ。

**クジャクチョウ**

なんて傲慢な！　あんなただのモンシロチョウがなんとわがままなことを！

**アマツバメ**〔高山や断崖に群棲する〕
あの臭くてみじめったらしくて、ろくでなしのツバメたちめ！

**牡牛**
そこでつらつら思うのだが、実際なんのためにこの世にいるんだ、牡鹿たちは。

**垣根の横木**
ほら、愚かな樹木たち――枝が生えているばかりでなんの秩序もないな。

**垣根の杭**
静かに、横木よ！　垣根とはわたしのことさ。

**花壇の中の陶器の破片**
なんでこのわたしが、この汚い土くれと一緒くたにされなきゃならないの？　ねえ、それにしちゃわたしは上等すぎるわ。

**礎石**
太陽？　あんな浮浪人！　始終うろつかなきゃならない……確固たる立場なんかなんにもありゃしない。

**南京虫**
それぞれが自分自身の生活信条を持っている。わたしの場合は、悪臭をまき散らすこと。

**煉瓦**
あらゆるものがどんな姿になるべきか、わたしが一番よく知っている。それは直角だ。

**牛糞**
べちゃ！　そう、いまやぼくは自分の人格を完全に発展させた。

**どぶ**

ぼくが大きな流れじゃないことは心得ている。だが、その代わりに内容さ！

**鏡**

もうわたしにはわかってる。この世はただの映像にすぎない。わたし以外にはなにも存在しない。

**時計**

われわれは誤った進み方はしていない、われわれは前進しつつある。われわれは未来を示すのだ。

**受難の虫**

一日一日、短くなっていく……悲しいかな、この世の終わりがくるだろう！

**雀と世界情勢**

どこにも馬糞が見つからない……こんなんじゃこの世はどこへ行き着くんだろう！

**ゴミ捨て場**

ごらんよ、わたしがどんなに成長しているかを！　それこそ生命力だ、どうだい？

**生まれたばかりのかげろう**

ねえ見て見て、わたしは生命を発明したのよ！

**岩塊**

春だって？　ふむ、それは過ぎていくものだ。わしはいくつもの春を見てきたが、それは無駄ではなかったな。

**今日**

わたしもいつかは、名誉ある過去になるだろう。

（一九三三年）

## vii

### 批評家

なぜわたしが、世界がどうであるかを見ようとするのかって？　わたしには、世界がどうあるべきかがわかれば十分だ。

### 二月〔冬〕の予言者

われわれは、来るべき冬の時期に備えねばならぬ。

### 批評家のヒキガエル

わたしに言わせてもらえば、蛇はあんなにバランスを失った長さであるべきではない。

### 柱

これこそ発展の最古の段階だ——根もなく、枝もなく、葉もない。

**文明化した田舎鼠**

村のことなんか放っておいてくれ。本当に、あそこには下水道もないんだから。

**亀**

なぜぼくがカエルのように跳ばないのかって？　それは原理原則の問題さ。

**ロープにつながれた山羊**

この世界はなんと小さいんだろう！

**窓の上の蠅**

もうわかったぞ、現実の境界がどこにあるのかが。

**鏡**

人間とは、わたしの投影にすぎない。

**砕けた壺**

世界は無ではない。空虚に空虚を重ねているのだ。

**かげろう**〔短命の象徴〕

歴史ですって？　それはわたしにはなんにも語らないわ。

**巣網の上の蜘蛛**

待つことも大変な苦労だぜ。

**オタマジャクシと洪水**

万歳、ぼくらオタマジャクシが全世界を水浸しにしてやったぞ！

**枯枝**

わたしは自分のためにこうなったのよ。

**泥中の美**
わたしたちはこの泥できれいに洗われたのだ。わたしたち黒雲の仲間は！

**世代**
われわれ若い世代のための場所を！　どれほどの期間？　少なくとも五十年だ！

**町の中の樹木**
わたしが時代の先駆者だ。すべての中でわたしがまず衰えて倒れたんだから。

**仮面**
まあ聞いてくれ、今や仮面の時代がやってきたのだ！

**指導者**
皆の者、われに続け。わたしはきみらを十一月から十二月に誘導する。

**羊**

連中がわたしを指導するなら、連中にわたしを殺させることと同じよ。

**奴隷**

わたしはなんでもやれる、ただ誰かがわたしにそうしろと指図するなら。

**褐色の蟻**〔褐色はナチスを象徴する〕

蟻たちに自由を！　蟻たちに全世界を！　もちろん、黒い蟻であってはならない。

**狼**

平和は存在する。もしわれわれ狼を誰も狩り立てなければ。

**独裁者**

わたしは自分の国民に信頼を与えた。軍旗に対する信頼を。

**ハイエナ**〔ライオンの威を借りることから〕
黙れ！　おれたちライオンはセンチメンタルな思いなんて知らないんだ。

（一九三三年）

viii

**原則的意見対立**
運転手――あの野郎は羊みたいにもたもた歩いていやがる。
歩行者――あの運転手めはまるで狂ったみたいに走らせていやがる。

**象使い**
鳩を飼う人がいるなんて、不思議だ。

**悲観主義者**
春がくるだろうって？　きみ、きみは楽観主義者だよ！

**国家経済**
軽油販売者――なぜ世の中が貧乏になったか、わたしにはわかる。軽油が売れないからだ。
石灰販売者――とんでもない。石灰の値段が下落したからだよ。

**慈善家**
なんと哀れなことか！　たった今、わたしは物乞いの男に十ハレーシュ〔一コルナの十分の一。十円玉ほどの感じ〕やったところだ。

**資本主義**
わたしは自分自身のためではなく、金のためにそうしているのだ。

**関係当局者**

ほかの誰かは、その分野でなにかを成し遂げようと行動するだろうが、わたしは物を愛するが故にその分野で働いているのだ！

**委託**

自分一人でできないことは、せめて別の人間におっつけろ！

**国民への愛**

ただわが党だけが、偉大で英雄的なわが国民を尊んでいる。ほかのすべての連中は、まさに裏切り者、卑怯者、売国奴、そして悪漢だ。

**総統**

自然力は今からわたしの支配下に置かれるものとする。わたしは、あらゆる物体が垂直に降下することを命ずる！

**政治家**

国家の繁栄?　それは、われわれの生活を豊かにすることか、または他国を損なうことか、そのどちらかだ。

**兵士たちへの演説**

反対側では「人間」とさえ呼ばれることはない。「敵」あるいは「犯罪者」と呼ばれるだけだ。

**デマゴーグ**

あの愚かな群衆は、わたしがかれらを指導していると考えるが、現実にはかれらがわたしを導いているのさ。

**権威ある政権**

わたしは、わたしの望むようにあなた方を牛耳るが、それはあなた方が望むからである。

**軍国主義者**

戦争は純粋に国内問題である。戦争の目的は、国民が自分たちの力を認識することだ。

**暴君と哲学者**

わたしが行為を実行し、あなたがそのための理由付けを探すことになる。

**イスラム教神秘主義の修道者について**

かれはアッラーの神から、われわれを指導するよう送られてきたのだ。

**群衆**

なぜかれのために、われわれは栄光を呼び求めるのか？　それは、かれの栄光はわれわれの栄光だからだ。

**奴隷**

命令を聞くこと、それは自分の主人の分け前を得ることを意味する。

**支配階級の一員**

わたしもわれわれの仲間なんだ、というのはすばらしい感じだね。

**戦場の死体荒らし**

万歳！　おれたちは勝ったぞ！

**国内戦争**

ひたすら焼き払え！　法的に正当化されるのは大砲を持っている側だ。

**気高い勝利**

わたしは報復してはいない。わたしがかれを射殺した時、わたしはかれに自分を防御することを許したんだから。

**死刑執行班長**

で、わたしのことを英雄だと言う人はいないよ。

（一九三四年）

ix

**惑星**
ほかの星のまわりを回ってる、あのけちな惑星たち！

**そよ風**
あんたは見るだろう、タンポポよ、われわれハリケーンがフロリダでどんなふうに勝利を収めたか。

**嘲笑**
千年もたった樫の木が倒れたって話だぜ！　まるでおれたち若手の樫がいないみたいだな！

**嵐の中の綿毛**

万歳！　あの木もこの木もひっくり返しにいこう！

**Eの文字**

ほかの字は破壊して、Ｅの文字だけ残そう——そうすれば詩的になるだろうに！

**さらわれた下水のゴミ**

わたしは自己と共に歩んで行くだけだ。

**風の中の風見鶏**

そう、いまやわたしは古い方向を棄てて新しい方向に到達した。

**流れの中の波**

ほら見ろよ、あの連中がわたしの後についてくるのを！

**サイクロンの中のほこり**

木が何本も裂けるぞ、わたしはただ空を飛んでいるだけなのに！

**濡れたナプキン**

世界的洪水？　それはまさにわたしの出番だ。

**二十日鼠**

……たとえば、頭に鹿のような角を生やしていることは、目に見えて無意味なことだ。

**クジャクチョウ**〔幼虫はイラクサ類を食す〕

楡《にれ》の葉を食べてクジャクチョウになるなんて、ありえないよ！

**無知な青虫**

ネクター〔ギリシア神話で神々の飲む美酒〕だって？　ネクター？　そんな食べ物は、主義としてわたしは食べないね。

**美意識の高いチューリップ**

いやらしい！　誰が土の話なんかしようとするの！

**豚と真珠**〔ことわざ「豚に真珠」にかけて〕

ブルル！　豚族用のわたしの財産に、そんなものを加えたなんてどういうことか！

**群れの精神**

共に団結する、だって？　とんでもない。われわれは、ただ自分の群れと団結するだけだ。

**雑草**

あんなものを樹木と呼ぶのかい？　ごらんよ、枝が一本折れてるよ！

**細菌**

……わたしは、そう、黙せる労働者だ。

**シバンムシ**〔死番虫。枯れ木や古書などを食い荒らす〕

さあ、これでみんな穴だらけにしてやったぞ！

**墓の中の蛆虫**

でも、なにか公平性がある――今はわたしの番だ。

**排泄物**

恐ろしく肩身が狭い。ここじゃおれたちの仲間はきちんと臭うことさえできない。

**砕けた壺**

いいかい、今はもはや、昔みたいにいい時代ではないと、わたしは言っているのだ。

**壁の割れ目**
わたしがなにになりたいかって？　とてつもなく大きな割れ目さ。

**通行を妨げる石**
おれが邪魔してるって？　それがおれの義務なんだ。

**山の中の崩壊した石**
なんと残念なことだ。この山々も、すでに役割を終えたんだ！

X

**ファラオ**〔古代エジプト王の称号〕
イスラエルの幼児の大虐殺だって？　単なる行政的処置さ。

（一九三四年）

**テルモピュライ**〔前四八〇年スパルタ軍がペルシア軍に大敗した戦場〕**からのペルシアのニュース**
昨日わが軍の戦旗のもとに、英雄的なギリシア人戦士エフィアルテス〔スパルタ軍を裏切った人物〕が参加した。

**ヘロデ王の軍首脳の報告**
わが連隊はベツレヘムの乳幼児隊に対してすばらしき勝利を得た。

**インド遠征のアレキサンダー大王**
わが目的は達成された。わたしは、インドを永遠にマケドニア王国の一部にしたのだ。

**廃墟の上で**
かくのごとく、いまや平和は復興された。

**勝利の報告**
わが軍は敵の戦死者二万人と若干の謀反者を配下に置けり。

**アッティラ王**

わたしも平和を望んでいる、ただしフン族の平和を、だ。

**モンゴル族の王ハーン**

ひたすらかれらを打ち負かせ！　わたしはかれらの皇帝として宣言したい。

**戦場で**

ほら、わが国民は敵の死者三千人分だけ成長したぞ。

**コンキスタドール**

あの野蛮人どもは、わが大砲に対抗して弓矢で戦っている。

**敗北者**

わたしは逃げた、それ以上の流血を防ぐために。

**軍隊指揮官**

武器を行使するのは、自己防衛する者と、もちろん防衛せぬ者に対する場合のみだ。

**報告**

わが方の進軍過程で、さらに数ヶ村を焼き払った。残存する住民は、わが軍に対して熱烈なる歓迎の準備をした。

**植民地争奪戦争**

待ちたまえ、汚れし野蛮人諸君、きみらがわれわれの忠実にして幸福な臣下になるべき時を！

**外交術**

われわれは暴力を非難する、しかしながら武器を供給することにはやぶさかではない。

**中立派**

中立？　それは、他国の連中がやっている戦争を利用して儲けることさ。

**帝国主義者**

勢力の均衡、それはわれわれが優位に立っている場合のことだ。

**植民地化**

そしていまやわれわれは、父親のような態度で、残っている人たちの面倒をみてやろう。

**軍神マース**

攻撃的戦争禁止だって？　まあいいや、防衛的戦争と懲罰十字軍が残ってさえいれば！

**戦争の記念碑**

苦難を負いし名もなき獣、ここに眠る。

**戦場からの報告**
わが軍の英雄的毒ガス攻撃は、現地民の群れを臆病な逃亡に向かわしめた。

**死神**〔参戦者たちに〕
おまえら狂人たちよ、これはわたしの勝利なのだ！

**平和**
さていまや、われわれは再びさらなる武装に落ち着いて従事できる。

**進歩**
われわれはかの野蛮人たちをまもなく文明化する。かれらはすでに毒ガスのテルミットとイペリットを知ったのだ。

（一九三六年）

## xi

**市民**
呪われし政府！　もはやわたしの葉巻がくゆらされることは二度とあるまい！

**慢性的不満病者**
また飲みすぎちゃったとは！　どうしてここまできちゃったんだろう？

**パン屋**
ふつうのロールパンは値上げするが、ほかはみんな値下げしようと言っているんだ——もっとも、この不景気が終わってからになるだろうけど。

**雇用主**
……われわれの仕事は共通だ——われわれすべて、きみらとわたしは、わ、わ、わたしの企業のために働いているのだ。

**地方の市民**

スキャンダルだ！　この地方の貧乏人はどうしてこんなになったんだ、この地方ではほかからやってきた物乞いさえ食べ物がもらえないとは！

**政党系新聞**

真実とは、ただわが党派の利益に関するもののみである。

**物乞いの意見**

あらゆる慈善基金は廃止されるべきだと思うよ。

**満ち足りた人**

世の中の貧困については、恐ろしく誇張されている。実際はそれほどひどくはない。

**古い記念碑**
そんなことはわたしが五十年も前に言っている、つまりわれわれは奈落の底へと突き進んでいるのだ！

**年金生活者**
この世が終わりに近づいていることを、わたしはこの目で見ている。

**文筆家**
、、、わたしが本を書くことが、なんで物足りないのかね？

**ジャーナリスト**
わたしは無駄に生きているわけではなかった――たとえば、わたしは憎しみをどれだけ呼び起こしたことか！

**匿名**

人にはそれぞれ名誉がある。自分の名前のもとに、わたしはそんなことを書きたくない。

**読者**
もうまる一週間も、世界的な災害が起こっていない！　それなのに、なぜ、わたしは新聞を手にするのか？

**スポークスマン**
同業者の名誉にかけて、われわれに物質的損害を与えるすべてのものに抗議する。

**政党紙編集部で**
腺ペストに抵抗する薬が発見されたというニュースがきている。だが、わが党はこの病気に賛成なのか反対なのか、知らないかね？

**外交的手腕**
ありがたいことに、条約は締結された――今はただ、われわれがいかにしてその条約を反故にするか、その手を案出せねばならぬ。

**国際的権利**

合法的にうまく行かぬものは、国家の威信という名目でなされる。

**総統**

必死のプロパガンダのおかげで、神はわたしが自分の国民を導くようにと決断なさった。

**外交官**

国際的権利？　それは常に、ほかの国民の権利を侵害するものさ。

**葬儀屋**

わが国民は堕落しつつある。偉大な人物などはいない……そんな時代だから、もう大人物の立派なお弔いなんて一つもなくなったんだぞ！

**愛国者について**

彼は祖国の為に戦うだろうって？　でも彼は守るべきものを何も持ってないじゃないか！

**ギャング**

主要なルール――最初に発砲する人間であること。

**統治者**

わたしは祖国への愛の輝かしき模範を示した――わが祖国のために、三十万もの人間が倒れるがままにしておいたのだから。

（一九三七年）

xii

**南京虫**

臭ってやるぞ、いつでもぼくの存在が感じられるように。

**根なしのステッキ**

ぼくがどんな根っこを持っているか、知ってもらえたらなあ。

**ゴミ捨て場**

ここへ、すべてここへ！　わたしの所では、すべてが自主独立の存在なのだ。

**水たまり**

わたしだって生き物ですよ。

**雑草のイラクサ**

神よ、あのジャガイモのやつ、あれは雑草だ。

**腐肉**

わたしがなにを望むかって？——わたしは、すべてのものが悪臭を放つことを望んでいる。

**棍棒**
正しいのはおれだ！

**スカラベ**〔腐肉を好むフンコロガシの仲間〕
わたし？　わたしはこれでも禿鷹の組織の仲間だよ。

**牡山羊の総統**
わたしが宣言するのはライオン様の思想なんだぞ。

**泥**
ご承知あれ、わたしは道なのです。

**蟻の戦争**
……そうだ、しかしわが方は敵に対して、あらゆる蟻の代表として戦っているのだ。

**蛆虫**〔死体をえさとする〕
戦争万歳！

（一九三五年）

xiii

**ヒキガエル**
ぴいぴい鳴く鳥どもは閉じ込めてやる。そして歌うのはおれ様だ！

**蚊**
そう、だがわれわれ空を飛ぶ蚊を率いるのは、やんごとなき鴛の殿様です。

**倒れた木**
わたしはひたすら自分の力を奮い起こしています。わたしはまた立ち上がってみせる。

**切り株**
わたしが動かないって？　だが、少なくともふらつきはしないよ。

**石**
わたしの上にある苔のこと？　そうだな、わたしたちは成長に成長を重ねている。

**礎石**
せめてあの人間たちがあんなに駆け回らなければなあ！

**本**
わたしは、わたしの中にある問題にしか答えない。

**垣根の杭**
春だ……わたしは成長しているように感じる。

**玄武岩**〔輝石や磁鉄鉱から成る火山岩〕
わたしに触らないで。本来わたしは赤く熱した溶岩なんだから。

〔一九三五年の原稿〕

xiv

**雪崩**
万歳！　われわれ山は自分で行進したぞ！

**アブラ虫の追悼の辞**
かれは勇敢なアブラ虫だった。砦の中で一番強い悪臭を放っていた。

**作家**
戦争はもうおしまいだ。たった今、わたしは戦争反対の抗議文に自分の署名を付け加えた。

**国家間協定**

われわれ家兎は鶏たちと、お互いに食われぬようにしようという条約を結んだ。われわれは、鷹どもがこれについてなにを言うかを見守ることにする。

**サイクロン**

五十の町が壊滅した！　なんとすばらしい功績だろう！

**鶏小屋の中の貂《テン》**

あの卵が、わたしをあんなふうに生意気にも挑発していたんだ！

**牡山羊**

狼と共存することをよしとすれば、この世は平和になるだろう、と思う。

**狼**
あの若い牡山羊には悪意があったのだ。おれの前で姿を隠そうとしたんだから。

**羊の群れ**
ともかく、あの狼はいずれわれわれを食い尽くすだろう、自分でかれから身を守らなければ。

**猫におびえる二十日鼠**
ほら、猫が雀を捕まえたぞ！　これでぼくたち二十日鼠はもう怖がらなくていいよ。

**雀**
おわかりでしょう、さかんにチュンチュンさえずらなきゃならないんですよ。すっかり春になるように、ね。

（日付なしの原稿）

# 編訳者解説

飯島　周

本書は、チェコの作家カレル・チャペック（一八九〇―一九三八）の膨大な数の作品の中から、寓意的短編や警句の一部を編集・翻訳したもので、まずその由来を述べておきたい。

チャペックのエッセイについては、すでに本ライブラリー中のチャペック・エッセイ集『いろいろな人たち』および『未来からの手紙』で、ある程度紹介したが、自身でもジャーナリストであることを誇りにしていたチャペックは、さまざまなジャンルの文芸作品を、ほとんど連日書き続けた。その実情を示すのは、一九八〇年から九三年にかけてのチェコ作家同盟版全二十四冊の『カレル・チャペック著作集』である（実際には、その後さらに補遺が追加出版された）。特に、第十巻『散文小作品集』*Menší prózy*（一九九二）には、所収作品八十五の分類として、経外典・寓話・風刺文・警句・ポケット短編・童話の六種が示され、さらに戯曲仕立てのものまで含まれている。そして、編集出版者のあとがきによれば、個別作品の分類が困難なので発表年次順に配列したが、その方がチャペックの多面的活動の跡が辿れる、ということである。

実際にこれらから整理・編集され、独立した書物の形になっているのは、童話集（一九三二）、『経外典』（一九三二、ただし後に再編）、『寓話とポケット短編』（一九四六）その他である。三番目の作品集は、チャペックの没後に、熱心な研究家であるM・ハリーク氏によって編集・刊行されたが、後に遺稿五編が加えられた。

この作品集（原題 *Bajky a podpovídky*）の増補第三版（一九七〇）の主要部分が、本書の原テキストである。ただし省略部分もあり、作品の配列は原本とは異なっている。さらに、邦訳の題名は内容を勘案して独自のものにした。以下、本書の構成順に内容を略述する（なお、本書所収の作品のいくつかは、すでに千野栄一氏その他によって日本に紹介されている）。

第Ⅰ部の「ポケット短編」という語は、チャペックの造語であるチェコ語の「ポトポヴィートカ podpovídka」の訳語である。本来の意味は「普通以下の長さの短編小説」ということで、新聞の文芸欄に適するジャンルとして考案された。「超短編」「豆短編」「ミニ短編」「ショート・ショート」など、他にもいろいろ考えられるが、チャペックの場合、「ポケットから湧くがごとき奇想」という評言との連想で、この訳語を選んだ。

ここに収められた一九三六年以降の作品は、チャペックの晩年の精神的傾向をかなり明らかに反映している。当時の情況について全体的に言うと、一九三三年のナチスドイツの政権掌握後、ファシズムの危機が叫ばれ、チャペックは兄ヨゼフらと共に民主主義擁護の立場で国際的に活躍した。亡命者の救援や、ファシズムに対する抗議文への署名など、作家活動以外にも積極的に参加した記録がある。そのため当然ながら国内外のファシストの攻撃を受け、特に一九三八年のミュンヘン協定後、死の直前まで右翼系ジャーナリズムの集中的中傷キャンペーンに悩まされた。その様子を最もよく示すのは、第I部の最後の作品「十センターヴォ玉」と思われる。より詳しくは、前述のチャペック・エッセイ集の解説を参照していただきたい。

個別の作品については、読者に直接鑑賞していただくのが最善であるが、蛇足ながらいくつかの点を順不同に記しておく。

「発明家」と「引っ越しビジネス」は、言葉とその成果についての考察を含み、著者の非凡な発想を示している。一種の厭世観も感じられ、チャペックのSF作品（たとえば『ロボット』など）でしばしば問題となる、科学技術の発達と人間生活との関係を考えさせる。

「サッカー場の奇跡」と「空を翔べた男」にも共通点があり、些末なルールや規範がいかに人間の自由な行動や思考を抑圧し、奇跡的現象を阻止するかが暗示されている。

その他、一般市民の心中に潜む思いがけぬ悪意を指摘するもの（たとえば「法律事件」「匿名者」「十センターヴォ玉」）、社会的な面での小心さを抉るもの（「一番客」「光輪」）、男女間の微妙な心理的ずれを描写するもの（「旅行について」）、社交的組織の有用性や無用性に関するもの（「組織を作ろう」「ビハーリ男爵の債権者クラブ」）など、テーマは多種多様である。

ただ、右の説明はあまりにも単純化したもので、その背後には一般的な人間心理や人間性についての深い理解があり（とりわけ「フォアグラのパテ」「ある提案」「トンダ」「インタヴュー」）、それが作品に特別なニュアンスを与えている。

さらに概括すれば、それぞれの作品は、さまざまな意味での「こまった人たち」の行状を、悲哀感はあるが否定的ではなく、そこはかとない同情と宗教的寛容、さらにユーモアをまじえて巧みに描写している。二十一世紀の今日、チャペックの時代よりもはるかに複雑で苛酷な現代に生きる人たちも、十分に共感をおぼえることができよう。

第II部の遺稿は、いわばトルソーの形で、一九五〇年に初めて発見された。最初の「エジプトのヨゼフ」は、明らかに精神分析学者フロイト流の夢の分析に対する風刺作品である。この一編を除き、残りの四編には共通の名称としてラテン語の sutor（靴屋）という語が書かれていた(チャペックはさらに、「洋服屋」「神父」という二語を追加していたというが、これはその後の作品予定だったと推測される)。

事実この四編は靴屋を主要人物とし、一貫した哲学的テーマ、すなわち人間の自我とその多様性について論議する。この問題は、多少難解な哲学的長編小説三部作、特に『平凡な人生』(一九三四。邦訳、成文社、一九九七)でより深く検討されており、「靴屋」も同じ頃書かれたようだ。

具体的登場人物として、「空想について」は子守娘、「馬子にも衣裳」は警官、「歯が痛む時」は歯医者、「小さな灯」は酔漢と、それぞれ相手は異なるが、靴屋の主張は同一である。つまり、どんな人間も時と場合に応じて異なる面、異なる自我を示す。いわば、一人の人間の中には大勢の人間が潜んでおり、交代で表に出てくるのだ。これは、相対主義者チャペックの基本的思想で、各所でこの主張がくり返されている(なぜかチャペックは、靴屋という職業に特別な興味を持っていたらしい。たとえば、『未来からの手紙』二四五ページにも「いろいろな職業の中で、小話について特権的なのは靴屋と洋服屋である」という文がある)。

最後の寓話集については、やや雑然としている。著者自身がまとめて題をつけた部分もあり、テーマ的に統一性を示すグループも見られるが、ⅰからⅹⅳは主として発表年による。さらに、寓話または寓言というよりは、警句とかアフォリズムと呼ぶべきものも混在するので、ご承知いただきたい。要するに、ここでの寓話とは、「できるだけ短く、せいぜい数行で寓意や風刺を表現する文学的形式」とでも定義しておく。

この形式についても、チャペックは早くから関心を示し、すでにヨゼフとの合作短編集『クラコノシュの庭』（一九一八）にもいくつか発表している。しかし、一九二六年以降しばらくこの形式の利用を中断し、三二年に本書の「寓話 i」で復活させ、以後は折に触れて活用し、印象深い作品を多数生み出した。ただ、あまりにも前後関係が省略されているため、いささか意味不明のものもある。

本書に収載された寓話は、さまざまな事物を対象とする。もちろん伝統的なイソップ的内容で、人間生活や社会に関連するものが多いが、園芸好きなチャペックは、植物や昆虫も登場させ、思いがけぬせりふを言わせている。たとえば「寓話 iv」の蠅の言葉――「……わたしも画家なんです」、そして「未来からの寓話」では、この作家の定評あるSF的世界の描写がなされた。

しかし、時代の流れは寓話の内容にも変化をもたらした。大きく影響したのは、前述のナチスドイツの台頭である。実際に三四年以降は、総統、デマゴーグ、軍国主義者、死刑執行人、愛国者、戦場などの単語が現れ、暗く切迫した雰囲気を伝える。さらに、一九三六年に勃発したスペイン市民戦争は、作家の魂をゆさぶり、一連の「国内戦争についての寓話」を生んだ――「兵士諸君、自らの兄弟に対して銃撃せよ。祖国はきみたちを見守っている」。この傾向は「この時代」へと続く――「われわれは戦争を望んでいない。弱者に対しては懲罰隊の派遣で十分なのである」。そして、作家の祖国がヒトラーの軍隊に蹂躙される前年、すなわち作家が死を迎える一九三八年の「断片ii」には、「たとえ不幸な国民であろうとも、決して小さな国民にはならぬように！」という悲痛な叫びが記録されている。

＊

最後に――死後七十年近いカレル・チャペックの諸作品の持つ現代性が、あちこちで評価され、チェコ本国のみならず、世界各国に多数の愛読者が存在する。その理由はいくつかあるだろうが、主なものの一つは作品の持つ予見性だと思われる。あるいは、永遠に変わらぬ人間性についての洞察と言ってもよい。本書に収められた作品も、簡潔なだけに、その特徴が一層明確になるであろう。

本書の読者諸賢が、「人間であるがゆえに人間を愛した」実に多面的なこの作家について、さらに深い興味と関心を寄せて下されば望外の喜びである。

二〇〇五年三月

平凡社ライブラリー　538

こまった人《ひと》たち

チャペック小品集

---

発行日 ……… 2005年5月10日　初版第1刷

著　者 ……… カレル・チャペック

編訳者 ……… 飯島周

発行者 ……… 下中直人

発行所 ……… 株式会社平凡社

〒112-0001 東京都文京区白山 2-29-4

電話 東京(03)3818-0694[編集]

東京(03)3818-0874[営業]

振替 00180-0-29639

印刷・製本 …… 株式会社東京印書館

装幀 ………… 中垣信夫

ISBN4-582-76538-6

NDC分類番号989.5

B6変型判(16.0cm)　総ページ278

---

平凡社ホームページ http://www.heibonsha.co.jp/

平凡社ライブラリー　既刊より

【世界の歴史と文化】



【思想・精神史】

【フィクション】



【詩のコレクション】